EZRA BRANDEN BURG

EZRA BRANDENBURG

Ein Roman von
Daniel Bock

Erste Auflage.
Copyright © Daniel Bock, 2021.
Herstellung und Verlag:
BoD – Books on Demand, Norderstedt.
ISBN: 9783754338605

Alle Personen und Ereignisse, mit Ausnahme von Personen des öffentlichen Lebens sowie historischen Ereignissen, sind frei erfunden. Jede Ähnlichkeit mit lebenden Personen ist vollkommen unbeabsichtigt.

I'm standing in your street now
And I carry his guitar
And I can't recall it lightly at all
But I know I'm going in

- Bon Iver, *8 (circle)*

I

Raya hatte noch immer das Abschlussthema der Krystalis-Sinfonie im Kopf, als sie Punkt 10 Uhr auf die Terrasse trat. Die Sonne war von einer dichten Wolkendecke verhangen und hinter der gläsernen Kuppel war es knapp unter Null. Die Nacht über hatte es erneut geschneit, und in welche Richtung sie auch sah, überall war es weiß.

Vier junge Männer lagen am Pool und schliefen. Sie trugen weiße Bade-Shorts, und unter ihren Liegen standen leere Gläser, die keine vier Stunden zuvor noch mit dem hauseigenen Gin gefüllt waren. Ihnen gegenüber, bei den Holztischen, von denen man auf die kleinere Terrasse eine Etage tiefer schauen konnte, saßen zwei junge Frauen, spielten Schach und unterhielten sich. Beide trugen weiße Badeanzüge und darüber leichte violette Pullover mit dem Krystalis-Logo auf der linken Brust. Sie tranken Tomatensaft und aßen Sellerie mit Honig. Ihr Gespräch drehte sich um die letzten Entwicklungen in Hong Kong und Taiwan sowie diverse *Investment Opportunities* in Südostasien. Obwohl auch sie in der Nacht kaum geschlafen hatten, waren sie sowohl beim Gespräch als auch beim Spiel aufmerksam.

Raya rieb sich die Stirn, während sie zum Rand der Terrasse ging, um einen Blick auf die Uckermark zu werfen. Der geschmolzene Schnee hatte einen wässrigen Film über die Kuppel gelegt und verzerrte die Bäume, Seen und Häuser auf dem Anwesen dahinter. Das Weiß ließ das Land so unwirklich wirken und das normale Leben so weit weg, dass sie sich fragte, ob es überhaupt jemals existiert hatte (hatte es?). Seit drei Jahren war Raya nun schon hier und arbeitete an ihrer Malerei.

Raya trug eine weite blaue Jeans und ein weites weißes T-Shirt. Ihre langen dunklen Haare gingen ihr mittlerweile bis fast an die Hüfte. Aus der Brusttasche des T-Shirts holte sie eine lose Zigarette, die sie mit dem Feuerzeug anzündete, das sie von Ezra zu ihrem 26. Geburtstag geschenkt bekommen hatte. Sie nahm einen langen Zug und schaute nach unten. Obwohl sie ihr Leben lang nie an Höhenangst gelitten hatte, wurde ihr auf einmal schwindelig. Dann drehte sie sich um und ging zurück in Richtung Pool. Aus den in dem Boden eingelassenen Lautsprechen kam leise Minimal Techno.

Eine der jungen Frauen erblickte Raya und rief ihr zu: "Morgen!"

Raya winkte zurück.

"Was bist du denn schon so früh auf?"

"Ich konnte nicht schlafen", antworte Raya und ging langsam zu den beiden hinüber. "Ihr?"

"Wir haben gleich den Kurs mit Lucas. Willst du einen Saft?"

"Danke. Ich hatte schon einen im Zimmer."

Raya betrachtete das Schachbrett. Obwohl sie keine herausragende Spielerin war, war sie doch gut genug, um sich schnell einen Überblick über das Spiel verschaffen zu können.

"Vertrackte Situation", sagte sie.

"Ja, wir waren wohl zu… *hawkish.*"

Im Kopf spielte Raya die Möglichkeiten durch: Die Amerikanerin konnte mit ein bisschen Glück in fünf Zügen die Partie für sich entscheiden. Für die Französin sah es schlecht aus. Die Amerikanerin musste schon mehrere kleine oder einen richtig großen Fehler machen, damit die Französin die Partie noch für sich entscheiden konnte, aber unmöglich war es nicht. Es wurden schon eindeutigere Spiele umgedreht.

"Sagt mal…", Raya drückte die Zigarette aus. Sie schmeckte nicht. "Habt ihr Ezra nach der Aufführung noch gesehen?"

Die Französin, ohne vom Brett aufzusehen: "Nein."

Die Amerikanerin lehnte sich im Stuhl nach hinten und schaute hinauf zur Kuppel. Nach ein paar Sekunden überlegen, antwortete sie: "Ich auch nicht."

"Verstehe", erwiderte Raya. "Naja, hätte ja sein können."

"Wieso fragst du?"

"Ich hatte mich mit ihm verabredet."

"Hast du ihm geschrieben?"

"Seine ID ist aus."

"Er wird sich nach der Aufführung sicher gleich wieder ins Studio verdrückt und bis in die Morgenstunden Bläser aufgenommen haben. Oder einen Chor. Oder was auch immer er dort treibt."

Raya nickte. "Wahrscheinlich hast du recht."

Die jungen Frauen spielten noch ein paar Züge, aber bevor die Amerikanerin das Spiel für sich entscheiden konnte, ging der Aufzug auf und eine männliche Stimme rief: "Guten Morgen. Seid ihr ready?"

Die drei Frauen drehten sich um und sahen ihren Trainer, in weiße Bade-Shorts gekleidet und mit einem weiß-violett gestreiften Handtuch über die Schultern gelegt, am Eingang zur Terrasse stehen.

"Geht's los?", rief die Amerikanerin.

"Jaja. Das Wochenende ist zu 77% vorbei, ihr Lieben."

Die Französin und die Amerikanerin standen vom Tisch auf und nahmen ihre Taschen.

"Wir müssen dann mal", sagte die Französin und berührte Rayas Schulter zum Abschied.

"Hab noch einen produktiven Tag", sagte die Amerikanerin und winkte. "Ach und: Sehen wir uns am Mittwoch eigentlich?"

"Sicher."

"Cool. Dann komm gut in die neue Woche."

"Ihr auch."

Raya sah den beiden hinterher, dann zündete sie sich eine weitere Zigarette an und blickte wieder nach draußen. Ein Krähenschwarm flog über sie hinweg, dann weiter über die Felder und den Wald. Einer der jungen Männer am Pool musste kurz husten und wurde dadurch wach, drehte sich aber schnell wieder um und schlief weiter.

Rayas ID vibrierte. *Reminder: Vertragsauflösung.* Seit Wochen schob sie diese Aufgabe bereits vor sich her und seit Wochen hinterließ ihr die Galerie fast täglich Erinnerungen dazu. Irgendwann musste es gemacht werden. Sie drückte ihre Zigarette aus, stand auf und ging zum Aufzug. Es dauerte keine drei Sekunden und der Aufzug war bei ihr angekommen. Raya trat hinein.

"Living Floor 3."

Die Türen schlossen sich und der Aufzug fuhr acht Etagen nach unten in das gläserne Herz des Campus. Als sie in der Lobby der 3. Etage ausstieg, war niemand zu sehen. Das ganze Haus schien noch zu schlafen.

Sie ging den Korridor nach rechts zum inneren Ring der Etage und dort zu Raum 104. Als sie an der Tür stand, ging sie mit ihren Kopf ganz nah heran, um zu hören, ob etwas in der Wohnung passierte. Alles war still. Raya betätigte die Klingel und wartete, dass der Bildschirm an der Tür anging. Nichts geschah. Sie klingelte noch einmal. Auch diesmal nichts. Raya hatte Eintrittsbefugnis für Ezras Wohnung, also holte sie ihre ID aus der Hose und hielt sie an den Schalter. Die Tür entriegelte sich, sie drehte den Knauf und trat hinein.

Die Wandbeleuchtung in Ezras Wohnung war auf 10% gestellt, die Gardinen geschlossen. Raya schloss die Tür hinter sich, zog ihre Schuhe aus und steckte ihre ID wieder ein.

"Ezra!", rief sie, während sie vom Flur aus in die Wohnküche ging.

Der knapp 40 Quadratmeter große Raum war aufgeräumt, wenn auch vollgepackt mit Büchern, Platten, Noten und Aufzeichnungen. Eine Reihe Notizbücher waren fein gestapelt auf den zwei Tischen sowie dem Tresen der Bar verteilt. An den Wänden hingen ein paar von Ezras Instrumenten, die normalerweise im Studio standen.

"*Ezra!*"

Sie ging weiter in Richtung Studio, das sich im hinteren Teil der Wohnung befand und von dem aus man einen Panorama-Blick aufs Land hatte. Ezra hatte darauf bestanden, dass das Studio in diesem Raum gebaut wurde und nicht, wie ursprünglich gedacht, das Schlafzimmer. Obwohl es eine Herausforderung für die Architekten bedeutete, den Raum so einzurichten, dass die Akustik nicht darunter litt, kam man seinen Forderungen nach.

Raya klopfte vorsichtig an die Studiotür. Sie war nicht verschlossen und öffnete sich einen Spalt. Raya trat hinein, aber auch hier war alles still und niemand zu sehen. Sie ging den Flur wieder zurück und betrat das Schlafzimmer. Ein Stück von Steve Reich kam leise aus den Lautsprechern an der Decke. Aber auch hier: niemand.

Das Bett war gemacht, wie als hätte in der Nacht niemand darin geschlafen. Raya wollte die Wohnung bereits wieder verlassen, als sie violettes Licht aus dem Badezimmer kommen sah. Sie ging hinüber und öffnete die Tür. Warme Luft kam ihr entgegen und das Stück von Steve Reich war nun lauter zu hören. *Different Trains.*

"Da bist du ja. Ich hab dich schon die ganze…", begann Raya, bevor sie realisierte, was passiert war.

Sie sprang zur Badewanne und versuchte Ezras Körper herauszuziehen, aber es gelang ihr nicht. Sie ließ sich zu Boden fallen und den Körper zurück ins Wasser. Dann saß sie einfach nur da und betrachtete ihn: Er war ganz blass und seine dunklen Haare hingen ihm über die geschlossenen Augen. Um Punkt 11 Uhr holte Raya ihre ID aus der Tasche und meldete sich beim Management.

II

Ich hatte immer angenommen, dass wenn sich einer von uns beiden das Leben nimmt, ich es sein würde. Doch wie immer war mir Ezra einen Schritt voraus gewesen. Ich hätte es eigentlich wissen müssen.

III

Obwohl mir die Ärzte die letzten Jahre über immer wieder versichert hatten, dass mit meinem Handgelenk alles in Ordnung sei, bin ich mir sicher, dass ich auch heute noch die Verletzung spüre, die ich mir in jener Nacht zugezogen hatte.

Eigentlich hatten wir gar nichts Großes gemacht: ein wenig bei uns in der Küche getrunken, ein wenig mehr dann bei Connies, Verabschiedung bereits gegen 2 Uhr. Dennoch war ich betrunken genug, dass ich auf dem Weg zur U-Bahn die Treppen ein klein wenig zu schnell nahm und umknickte. Ich fiel mehrere Stufen, es machte laut *Knack* und ich knallte mit dem Kopf auf den Bahnsteig Hermannplatz. Am Kopf hatte ich eine Platzwunde, aber das war nicht weiter schlimm. Weiter schlimm war, dass ich mir mein linkes Handgelenk beim Abfangversuch gebrochen hatte. Innerhalb von wenigen Sekunden war alles angeschwollen und der Schmerz zog den Arm hinauf bis in meinen Schädel. Ich wusste sofort, dass es gebrochen war und behandelt werden musste, entschied mich aber dennoch dazu, zunächst nach Hause zu fahren, ein paar Stunden zu schlafen und am Morgen den Arzt aufzusuchen - den Schmerz würde ich schon aushalten. Zuhause nahm ich ein paar Schmerztabletten, spülte diese mit einer Flasche Cola Light hinunter und legte mich ins Bett. Natürlich hielt ich den Schmerz nicht aus und an Schlaf war nicht zu denken.

Kurz nach 7 Uhr stand ich dann auf und fuhr zur Notaufnahme im Klinikum im Friedrichshain. Der Raum war voll mit Opfern der Nacht. Ich setzte mich neben eine junge Frau, um die 20 vielleicht, deren halbes Gesicht tiefblau war und Unterkiefer schlaff herunter hing. Sie weinte, machte aber dabei kaum Geräusche und schaute nicht einmal auf. Ich kann bis heute nicht glauben, dass ich vor ihr dran kam; offensichtlich brauchte sie dringendere Hilfe.

Die Behandlung ging relativ schnell: zunächst wurde geröntgt, dann mein Arm betäubt und der Bruch mit einem Gips stabilisiert, danach noch einmal geröntgt. Nach fünfzig Minuten wünschte mir der Arzt noch einen schönen Tag und ermahnte mich, das nächste Mal besser aufzupassen. Ich bedankte mich und schloss die Tür hinter mir.

Auf dem Weg zum Krankenhaus hatte ich Mathilda Bescheid gegeben und sie gebeten, mich abzuholen und mir etwas zum Frühstück mitzubringen. Sie fragte, was ich im Krankenhaus täte, also erzählte ich ihr von dem Unfall, woraufhin sie mir ein Video zurückschickte, auf dem ein Mann zu sehen war, der von einer Strassenbahn erwischt und weggeschleudert wird. Darunter war ein generischer House-Track aus den späten 00ern gelegt. Ich fand das Video grausam, und eigentlich hatte es auch rein gar nichts mit meinem Unfall zu tun. Ich war mir sicher, dass Mathilda selbst noch betrunken war.

Ich stand vor dem roten Gebäude der Notaufnahme und blickte hinüber zum grauen Alexanderplatz. Der Fernsehturm war kaum zu sehen. Es war kalt und es schneite, und ich wollte nach Hause. Kurz überlegte ich mir, eine Zigarette anzuzünden, doch dann sah ich Mathilda schon durch das Eingangstor kommen. Sie trug eine Sonnenbrille und einen weißen Umhang, der sie wie eine Fee aussehen ließ. Sie hielt eine weiße Plastiktüte in der Hand, und ich konnte schon von weitem sehen, was sich darin befand.

"Du Clown!", rief sie mir entgegen und nahm dabei ihre Sonnenbrille ab.

"Bitte?"

"*Du Clown*, hab ich gesagt!"

"Fuck off."

"Du hast dir dein Sprunggelenk gebrochen? *Auf dem Weg zur U-Bahn?*"

"Mein Sprunggelenk? Nein! Ich hab mir mein *Handgelenk* gebrochen."

"Sowas machen nur Clowns. Hier…"

Sie hielt mir die Tüte hin, ich holte die Club-Mate heraus und nahm einen großen Schluck.

"Danke. Wie kommst du denn auf Sprunggelenk?"

"Keine Ahnung. Hab mich wohl verlesen."

Wir verließen das Krankenhausgelände und liefen die Landsberger Allee hinunter in Richtung Mitte. Obwohl es bereits nach 11 Uhr war, war es dunkel in der Stadt (immer noch oder schon wieder?). Es war Anfang November und so würde das Wetter nun sechs Monate lang bleiben.

"Stell dir vor, das wäre einem richtigen Musiker passiert!"

"Was?"

"Na, die linke Hand zu brechen!"

"Ja, das wäre wahrscheinlich nicht so gut."

"Zum Glück machst du keine Musik."

"Zum Glück bin ich kein Linkshänder!"

"Sag mal… Denkst du wir werden Ezra irgendwann noch einmal wiedersehen?"

Ich tat, als müsste ich darüber nachdenken. Dann erwiderte ich: "Na klar. Du etwa nicht?"

"Machst du Witze? Natürlich werden wir diesen Spinner wiedersehen. Vermutlich früher als uns lieb ist."

Mittlerweile waren wir am Platz der Vereinten Nationen angekommen. Das Schneetreiben hatte weiter zugenommen, die oberen Etagen des Turmhochhaus waren nicht mehr zu erkennen. Wir wussten beide, dass wir Ezra niemals wiedersehen würden. Denn wer nach Krystalis geht, lässt sein altes Leben hinter sich. Einschließlich seiner besten Freunde.

IV

Die Zwillinge Cassandra und Adrian von Choltitz waren die beiden einzigen Kinder des aus Leipzig stammenden Großindustriellen Christian von Choltitz, welcher genau einen Tag vor dem 18. Geburtstag seiner Kinder bei einem bis dato nicht vollends aufgeklärtem Flugzeugabsturz in Namibia ums Leben gekommen war und diese damit zu Alleinerben eines milliardenschweren Imperiums gemacht hatte. Seitdem waren die Zwillinge aus den Medien nicht mehr wegzudenken; jede Liebschaft wurde bewertet, jede Firmenakquisition analysiert. Den größten Aufruhr verursachten die beiden jedoch mit der Unternehmung Krystalis:

Zwei Tage nachdem die Zwillinge ihren 28. Geburtstag in einem eigens dafür errichteten Pavillon-Dorf am Treptower Spreeufer gefeiert hatten, gaben sie auf einer Pressekonferenz bekannt, achtzig Kilometer außerhalb von Berlin einen Campus zu bauen; *einen Campus, auf dem die größten Denker unserer Zeit Platz haben würden, um ungestört von äußeren Einflüssen und Interessen ihrer Arbeit nachgehen zu können; einen Campus, auf dem Wissenschaftler und Künstler Seite an Seite arbeiten, sich austauschen, feiern und leben können. Der Campus sollte Krystalis heißen und er würde großartig werden.*

Ein halbes Jahr später begann der Bau von Schloss Krystalis unter der Leitung eines ihrer besten Freunde: Alphonso Rain, Shooting-Star der internationalen Architektenwelt, Umweltaktivist und Kunstsammler. Alphonso Rain, Sohn einer deutschen Schauspielerin und eines Brasilianischen Immobilien-Unternehmers, wurde in Rio als Alphonso Rain Aalto-Ruiz geboren und wuchs in Los

Angeles, Venedig und Tokyo auf. In Zürich studierte er Architektur, bis er sich mit einen seiner Professoren zerstritt und das Studium abbrach. Diesen Streit nutzte er medial allerdings so geschickt, dass Investoren Schlange standen, um in sein neugegründetes Büro zu investieren. Das Büro gründete er mit vier Kommilitonen, die ihm nach dem Rauswurf aus der Hochschule gefolgt waren, und es dauerte nicht lange, bis sie ihre erste, prestigeträchtige Ausschreibung gewannen: Der Bau des Opernhauses in Gaborone, der Hauptstadt Botswanas. Die Oper hieß offiziell Great Opera of the People of Botswana, bekam aber schnell den Spitznamen Schneckenhaus, da es aus der Entfernung, wie ebenjenes aussah. Bei der Oper mischte Alphonso Rain Rokoko mit lokalen und modernen Einflüssen, und obwohl das Haus durchaus als extravagant bezeichnet werden konnte, fügte es sich doch harmonisch ins Stadtbild ein. Kritiker behaupteten, dass ihm der Auftrag von seinem Vater zugeschoben wurde, der zu dieser Zeit in Botswana Geschäfte pflegte, aber Beweise dafür gab es keine. Nachdem seine Arbeit von der Presse und Kollegen in höchsten Tönen gelobt worden war, gab es für Alphonso Rain kein Halten mehr; er errichtete Ferienhäuser für saudische Prinzen, baute einen Bürotower für ein chinesisches Bankenhaus in Frankfurt, gestaltete ein Resort auf den Antillen. Und das alles vor seinem 30. Geburtstag.

Als Alphonso Rain mit den Zwillingen vor die Presse trat, um bekannt zu geben, dass er den Bau von Krystalis leiten würde, gab er gleichzeitig bekannt, dass er als einer der ersten nach Krystalis ziehen und sein Büro gleich mitbringen würde. Ein geschickter Marketing-Move, denn mit Alphonso Rain als Zugpferd, konnten die Zwillinge sicher sein, dass die eintausend freien Plätze schnell vergeben sein würden. Sie sollten Recht behalten.

V

Viele behaupten, dass es eine Weile dauert, bis die Tränen kommen; dass man in eine Art Schockzustand verfällt, wenn man vom Tod eines nahestehenden Menschen erfährt und es manchmal Wochen dauert, bis man das Unglück wirklich realisiert hat. Bei mir war das nicht der Fall. Als die Krystalis-Mitarbeiterin aufgelegt hatte, schloss ich die Eingangstür von Connies Café, ging hinüber zur Bar, nahm mir eine Flasche Tequila, Gläser und schenkte mir drei Kurze ein. Diese trank ich schnell, ohne Salz oder Zitrone. Danach fing ich sofort an zu weinen. Connie kam zu mir herüber, legte seinen Arm um mich und fragte, was los sei. Nachdem ich mit Mühe herausgebracht hatte, dass Ezra sich das Leben genommen hat, schenkte er sich ebenfalls einen Kurzen ein und mir noch einmal nach.

"Fuck. Das tut mir echt leid, Großer."

Ich musste lachen und sagte: "Er wird schon einen guten Grund gehabt haben."

Connie schenkte nochmal nach.

„Fuck."

Ich trank und musste noch stärker weinen. Rotze lief mir aus der Nase und in den Mund hinein. Ich weinte so laut und stark, wie ich seit zwanzig Jahren nicht mehr geweint hatte. Connie schenkte noch einmal nach, dann musste ich zum ersten Mal kotzen. Ich wischte meinen Mund mit meinem Ryuichi Sakamoto-Shirt ab und den Tresen mit einer Küchenrolle. Dann trank ich weiter. Nach und nach standen unsere vier Stammgäste von ihren Tischen auf und kamen zu uns an die Bar. Sie sprachen mir ihr Beileid aus und klopften mir auf die Schulter.

„Hat jemand ne Zigarette?", fragte ich, obwohl ich selbst welche einstecken hatte.

Der einbeinige Spanier holte seine Packung aus der Brusttasche und legte sie mir hin.

„Have the pack, son."

Innerhalb einer Stunde, rauchte ich seine Packung und dann noch eine. Die Gäste trösteten mich, aber ich hörte ihnen nicht zu. Die ganze Zeit ging ich das Gespräch mit Baptista Brecht durch. Immer und immer wieder, während im Hintergrund eine Bonnie Tyler-Compilation lief.

„Herr Escher?"

„Was gibt's?"

„Herr Escher, hier ist Baptista Brecht vom Schloss Krystalis. Haben Sie einen Moment Zeit?"

"Naja, gerade bin ich auf der Arbeit. Um was geht's denn?"

"Es geht um ihren Freund…"

"Ezra?"

„Ja."

„Was braucht er denn?"

„Hören Sie: Ezra…"

"Ja?"

Die Nachricht fühlte sich wie ein Sack Bücher an, der mir in den Magen geschleudert wurde. Eine junge Frau und ein kleiner Junge gingen vorm Café vorbei. Plötzlich bewegten sie sich ganz langsam.

"Er hat *was*?"

"Es tut mir leid, Herr Escher."

Meine Atmung wurde flacher und mein Puls schneller. Ich ging nach draußen und schlug meinen Gips an die Hauswand. Schmerzen hatte ich keine.

"Das kann nicht sein."

"Ezra war auch ein guter Freund von uns."

Ich erwiderte nichts.

"Herr Escher: Ezra hat seinen letzten Willen bei uns hinterlegt."

"Einen letzten Willen…?"

"In diesem nehmen Sie eine nicht unbeträchtliche Funktion ein. Daher würden wir Sie gern, sobald es Ihnen möglich ist, zu uns auf den Campus einladen."

"Mich?"

"Sagen Sie mir einfach Bescheid, wenn es Ihnen passt."

Ein violetter BMW fuhr vorbei, aus dem ein Remix von 2Pacs *Changes* kam.

"Mein Beileid, Herr Escher. Wirklich."

VI

Ezra war immer der talentiertere von uns beiden gewesen. Er setzte sich ans Klavier und die Melodien kamen zu ihm. Nicht nur irgendwelche, sondern die interessanten, die geisterhaften, die verschachtelten; die, die einen beim erstmaligen Hören bereits festhielten, aber sich erst beim wiederholten erschlossen; Melodien, die die Existenz umspannten und versuchten das Unerklärliche zu erklären. Zu mir kamen diese Melodien nie. Ich musste für meine Stücke hart arbeiten; spielen, aufschreiben, spielen, aufnehmen, überarbeiten, und dann wieder von vorn. Alles, um nach Wochen etwas zu haben, was vielleicht annähernd an die Qualität von Ezras Stücken heranreichte. In einem Zeitraum, in dem er zehn, zwanzig, dreißig Stücke schrieb! Zwischen uns gab es keinen Wettlauf, denn Ezra lief schon lange nicht mehr. Er flog, und komponierte in einer Liga einzig und allein mit sich selbst.

Das Stück, das ihn unter dem Künstlernamen Ezra Brandenburg berühmt machte, hieß *Woodstock, Unsorted* und war inspiriert von der Zeit, die er in der gleichnamigen Ortschaft in Upstate New York verbrachte. Kurz nachdem wir unsere erste und einzige gemeinsame Platte aufgenommen hatten, wurde Ezra eingeladen einen Monat in der Byrdcliffe Künstlerresidenz zu verbringen. Obwohl er in den acht Wochen nicht eine Note niedergeschrieben hatte, war er alles andere als untätig gewesen. Er verbrachte die Tage mit dem Wandern durch die Catskills und dem Aufnehmen von Field Recordings; Vogelgesang, dem Wind, dem Regen, Gesprächen mit anderen Künstlern, Lagerfeuern, vom Holzhacken, vom Kochen, vom Laufen über die weiche Erde der Nordappalachen. Als er dann zurück in Berlin war, schloss er sich für zwei Wochen in unser Studio ein und schrieb *Woodstock I-III*. Nachdem er den Teppich für die drei Stücke aufgenommen hatte, spielte er mir die insgesamt 27 Minuten dauernde Komposition vor. Innerhalb weniger Sekunden schaffte es die Komposition, die Zeit anzuhalten. Vom ersten Akkord an wurde eine Brücke zu einer anderen Wirklichkeit aufgemacht. Ich konnte nicht sagen, welche Instrumente er als Grundlage für den Teppich benutzte, da alles so verzerrt und gefiltert war, aber sie waren wunderschön; zugleich natürlich wie auch außerweltlich. Es hörte sich an, wie als würden Millionen Menschen miteinander reden, singen, beten und dabei von einer Armee von Schlagzeugern, die gegenläufige Rhythmen spielen, begleitet werden. Ich wusste nicht, was ich sagen sollte. Während der ganzen Session hatte ich die Augen geschlossen, und als ich sie wieder öffnete, war es wie als wäre ich aus einem Traum erwacht. Aber anders als nach dem Schlaf, war mein Kopf nicht schwer, sondern ganz leicht.

Das Erste, was Ezra sagte, als der letzte Ton verklungen war, war, dass *Woodstock* noch nicht abgeschlossen sei. Er würde in den nächsten Tagen ein paar Musiker einladen müssen, denn es fehlte noch an Bläsern (hauptsächlich Saxophon und Trompete) sowie einer guten Gitarre (gespielt von einem Gitarristen, *der wusste, wie der Blues funktioniert*). Außerdem benötigte er von mir einen Beat, der von Minute 4 bis Minute 12 im Hintergrund bei 107 BPM mitlief. Der Beat-Sample sollte genau 11 Sekunden lang und ausschließlich aus seinen Field Recordings gebaut sein (die Dateien hatte er mir bereits geschickt). Ich wusste nicht, was ich sagen sollte. Natürlich fühlte ich mich geehrt, aber ich war mir unsicher, ob ich der Aufgabe gewachsen war. Die Stücke waren bereits perfekt, und ich hatte Angst, dass ich sie zerstören würde. Auch hatte ich Angst, dass ich etwas produziere, das ihm nicht gefällt. Doch als ich Ezra das sagte, lachte er nur und winkte ab. Ich solle mir keine Sorgen machen. Er wüsste schon, warum er *mich* gebeten hätte. Die darauffolgende Woche arbeitete ich fast pausenlos an dem Beat. Unterbrochen nur von ein paar Stunden Schlaf und unregelmäßiger Nahrungsaufnahme. Als ich das nächste Mal ins Studio kam, waren die Bläser bereits fertig. Jetzt fehlte nur noch die Gitarre und mein Sample. Ich spielte ihm meine Arbeit vor, und obwohl der Sample nur elf Sekunden lang war, hörten wir ihn fast eine Stunde lang im Loop. Die ganze Zeit schwieg Ezra und sah aus dem Fenster. Ich schaute auf den Boden und gelegentlich zu ihm hinüber, versuchte zu erkennen, ob er meine Arbeit mochte oder nicht, aber er ließ sich nichts anmerken. Als er den Loop gestoppt hatte, drehte er sich zu mir und sagte: "*Exactly!*"

Dann stand er auf, kam zu mir herüber und umarmte mich.

"Genau was ich wollte!"

Ich war erleichtert und lehnte mich auf der Couch zurück. Ich wollte schon anbieten, Bier für uns beide zu holen, doch bevor ich dazu kam, bat mich Ezra, das Studio zu verlassen, da er weiterarbeiten müsse.

Knappe drei Monate später, am ersten warmen Tag des Jahres und kurz nach Ezras 22. Geburtstag, erschien *Woodstock I-III* auf einem mittelgroßen britischen Label, welches hauptsächlich für elektronische Musik bekannt war. Obwohl Ezras erste Solo-Platte nur ein kleiner Erfolg war (und die Platte, die Ezra und ich gemeinsam aufgenommen hatten, sogar ein Flop), hatte es das Label und die Promotion-Agentur geschafft, dass die Platte weitreichend besprochen wurde. Und die Rezensenten waren außer sich! Unisono vergaben sie Höchstnoten, nominierten das Werk zur Platte des Jahres und ernannten Ezra zum Wunderkind einer neuen Komponistengeneration. Es dauerte nicht lang und große internationale Künstler wollten *Woodstock* samplen oder von Ezra produziert werden; bekannte Marken standen Schlange, um *Woodstock* für Werbespots zu lizenzieren; Festivals wollten Ezra exklusiv für die Saison buchen und legten dafür Unsummen auf den Tisch. *Woodstock* sollte sich im ersten Monat fast einhunderttausend Mal verkaufen. Am Ende des Jahres waren es über fünfhunderttausend verkaufte Einheiten und eine halbe Milliarde Streams.

Für Ezra fing ein neues Leben an. Ein Leben, in dem ich nur noch bedingt Platz hatte.

VII

Im Taxi war ich kurz eingeschlafen. In der Stadt hatte es noch geregnet, aber in Brandenburg war der Regen zu Schnee geworden. Ein Mantel hatte sich über das flache Land gelegt, der alles müde und schwer machte. Der Taxifahrer schwieg und ich schwieg ebenfalls und hörte einer Aufnahme von Smetanas *Klaviertrio g-Moll op. 15* zu.

Die vergangenen 72 Stunden hatte ich an nichts anderes als Ezra denken können. War er wirklich aus der Welt? Vom Gedanken daran wurde mir übel. Es war surreal; wie eine Naturkatastrophe in einem weit entfernten Land. Ich wollte, dass es irgendwo eine Tür gab, durch die ich in eine andere Wirklichkeit gelangen konnte; eine Wirklichkeit, in der er noch am Leben war.

Wir fuhren eine knappe halbe Stunde auf der A11 in Richtung Norden, bevor wir abfuhren und es auf der Landstrasse weiterging. Es war eine Weile her gewesen, dass ich die Stadt verlassen hatte, und ich versuchte mich zu erinnern, wann das war, konnte es aber nicht sagen. Wahrscheinlich zum Geburtstag meiner Mutter ein Jahr zuvor (oder war es sogar noch länger her?). Ich mochte das Reisen nicht sonderlich und schon gar nicht allein.

Nach einer weiteren halben Stunde bogen wir auf den Boulevard du Palmier Blanc ein, einer Strasse, die extra für Krystalis errichtet worden war. In der Ferne konnte man die Mauer, die das 300 Hektar große Privatgelände umschloss bereits sehen und noch weiter dahinter - im Nebel - die Türme des Schlosses, wie sie sich aus den Wäldern heraus gen Himmel streckten.

"Ich muss Sie leider am Tor absetzen", sagte der Fahrer.

"Am Tor?"

"Nur autorisierte Wagen dürfen bis zum Empfang."

"Ah okay… verstehe."

"Oder haben Sie diese Fahrt autorisiert?"

Obwohl ich Baptista Brecht Bescheid gesagt hatte, dass ich an diesem Tag ankommen würde, war ich mir nicht sicher, ob dies ebenfalls bedeutete, dass meine Fahrt autorisiert war, also verneinte ich. Der Fahrer nickte.

Links und rechts an der Strasse waren Bäume gepflanzt. Diese waren noch klein und kahl, aber in ein paar Jahren würde hier eine prächtige Allee entstanden sein. Das konnte man jetzt schon sehen.

Nach ein paar Minuten kamen wir am Tor zum Stehen. Ich zahlte den Fahrer und bedankte mich, nahm meinen Rucksack und öffnete die Wagentür. Ein kalter Wind stieß mir ins Gesicht und ich bereute, dass ich keine dickere Jacke angezogen und einen Schal mitgenommen hatte. Der Schnee war auf dem Asphalt zu braunen Matsch geworden, und als ich meine Schuhe auf den Boden absetzte, dauerte es keine zwei Sekunden und das Wasser war durch den Stoff an meine Haut gedrungen. Ich schloss die Tür hinter mir, der Fahrer wendete und fuhr zurück in die Stadt.

Am Tor war eine Gegensprechanlage eingelassen. Auf dem Bildschirm war das Krystalis-Logo zu sehen und darunter in einem serifenlosen, eigens für Krystalis designten Font *Willkommen* geschrieben. Ich berührte den Bildschirm und aus *Willkommen* wurde *Bitte warten*. Nach ein paar Sekunden erschien auf dem Bildschirm ein junger Mann. Er trug eine kleine, runde Brille mit farblosen Rahmen und seine dunklen, kurzen Haare zur Seite gelegt.

"Einen schönen guten Tag. Was kann ich für Sie tun?", fragte er und sah mich streng an.

"Hallo… ich äh… habe einen Termin mit Frau Brecht."

"Um was geht es bitte?"

"Ich…", begann ich, aber geriet ins Stottern. Auszusprechen, dass Ezra gestorben war, war unmöglich. "Ich bin hier wegen… Ezra."

"Einen Moment…"

Auf dem Bildschirm erschien wieder das Krystalis-Logo. *Bitte warten*. Ich suchte in der Jacke nach meinen Zigaretten. In dem Moment, in dem ich sie gefunden hatte, erschien der junge Mann wieder.

"Herr Escher?"

"Ja."

"Kommen Sie doch bitte mit ihrem Wagen vorgefahren."

"Ich… ich bin mit dem Taxi gekommen. Das Taxi ist aber bereits wieder los."

"Oh", sagte der junge Mann, schaute kurz neben sich und schien etwas nachzuschlagen. Dann fuhr er fort: "Kein Problem. Wir können einen Wagen kommen lassen."

"Ich kann auch laufen."

"Das ist vom Tor aus ein guter Kilometer. Wir schicken Ihnen lieber einen Wagen."

"Ein Kilometer ist kein Problem."

"Sind Sie sicher?"

"Ja, kein Problem."

"Wie Sie möchten, Herr Escher. Dann immer geradeaus. Ich werde einen unserer Mitarbeiter Bescheid geben, der Sie am Eingang abholt."

"Danke", erwiderte ich.

Der junge Mann verschwand wieder vom Bildschirm. Im selben Moment setzte sich das schwere Tor in Bewegung und öffnete sich. Ich zündete mir eine Zigarette an, zog die Kapuze meiner Jacke über den Kopf und ging los.

Mit jedem Schritt gab der Nebel mehr und mehr vom Schloss frei, und je näher ich kam, umso beeindruckender wurde der Anblick. Über die Jahre hatte ich viele Fotos und Videos von Krystalis gesehen, aber die Realität war noch um ein vielfaches eindrucksvoller: Die gläsernen Türme, die an allen Seiten des Schlosses in den Himmel ragten; die Kuppel im Zentrum, die groß genug war, um ein Fußballfeld darunter unterzubringen; hunderte von Balkonen, die zu hunderten von Wohnungen gehörten, in denen (wenn man dem Pressematerial glauben schenken durfte) die Zukunft gestaltet wurde. Allein vom Anblick wurde mir schwindelig!

Als ich nach ungefähr zwanzig Minuten vor dem Haupteingang ankam, wartete bereits eine junge Frau auf mich. Sie stand bei zwei Security-Mitarbeitern und unterhielt sich. Als einer der Security-Mitarbeiter mich sah und auf mich zeigte, drehte sie sich um und winkte mir zu. Ich winkte zurück. Sie kam die Treppe herunter und rief: "Herr Escher?"

"Ja", rief ich zurück und versuchte zu lächeln, aber mein Gesicht war so kalt, dass es verkrampfte und mein Lächeln zu einer Grimasse wurde.

"Warum haben Sie uns nicht einen Wagen schicken lassen? Sie sind doch bestimmt schon ganz nass!"

Sie hatte recht: Ich war wirklich nass. Obwohl das Schneetreiben nicht sonderlich stark war, war meine Baumwolljacke komplett durch.

"Beim nächsten Mal dann."

"Wir bestehen darauf!"

Die junge Frau reichte mir die Hand. Ihr Händedruck war bestimmt. Sie war einen knappen Kopf kleiner und ein paar Jahre jünger als ich, vermutlich um die 20. Sie trug einen weißen Anzug und darunter ein violettes T-Shirt, ihre schulterlangen Haare hatte sie zu einen Zopf gebunden.

"Klara Kollwitz. Freut mich Sie kennenzulernen, Herr Escher! Zunächst: Mein herzlichstes Beileid!"

"Äh… danke."

"Soll ich Ihnen ihren Rucksack abnehmen?"

"Meinen Rucksack?"

"Ja."

"Danke. Aber das geht schon."

Wir gingen die Stufen hinauf zur gläsernen, 10 Meter hohen sowie breiten Eingangstür.

"Herr Escher bekommt Clearing D", sagte Klara Kollwitz zu den Security-Mitarbeitern, als wir unter dem Vordach des Eingangs angekommen waren. Ich klopfte mir den Schnee von den Schultern und schüttelte meine Hosenbeine aus. Dann nahm ich die Kapuze ab.

"Verstanden", sagte der eine Mitarbeiter. Der andere nickte.

"So. Dann wollen wir mal eintreten."

Nachdem die Tür aufgegangen war, folgte ich ihr auf einem violetten Teppich in die Lobby. Ein warmer, fast heißer Wind kam mir entgegen.

Die Lobby war 500 Quadratmeter groß und hatte eine Deckenhöhe von 22 Metern. Die Wände waren mit einem warmen, beigen Stein verkleidet, der Boden mit einem glänzenden, fast schwarzen.

Die Decke war abgerundet und in der Mitte der Decke war ein Hexagon aus Glas eingelassen, durch das man in einen darüber liegenden Saal sehen konnte. Ein paar Menschen standen auf dem Hexagon und man konnte sie von unten aus dabei beobachten, wie sie sich unterhielten. Im Zentrum der Lobby befand sich eine 10 Meter breite Treppe, vor der ein kreisförmiger Desk aus Glas stand, an dem drei junge Menschen saßen und auf ihre Bildschirme schauten. Einer von ihnen war der junge Mann, der mich über die Gegensprechanlage am Eingangstor begrüßt hatte. Links und rechts neben der Treppe gab es jeweils fünf Aufzüge, und in der ganzen Lobby verteilt standen eierförmige Stühle in Dreiergruppen, in deren Mitte kreisförmige Marmortische standen, auf denen Bildschirme eingelassen waren. Es spielte leise Ambient Music, die ich nicht kannte, und kurz fragte ich mich, ob vielleicht Ezra die Musik komponiert hatte, bis ich genauer hinhörte und feststellte, dass die Qualität der Musik nicht an die von Ezra heranreichte.

"Können Sie sich kurz hier hin stellen?", fragte Klara Kollwitz und zeigte auf einen hellen Kreis im Boden, an dessen Rand eine metallenen Schiene entlang lief.

Ich stellte mich darauf und die Schiene wurde schwarz. Nach zwei Sekunden blinkte sie gelb, dann verlor sie ihre Farbe wieder.

"Vielen Dank!"

"Sicherheitsmaßnahmen?"

"Unter anderem."

Ich nickte.

"Haben Sie elektronische Geräte dabei, welche zur Aufzeichnung von Bild- und Tonmaterial benutzt werden können, Herr Escher?"

"Äh… ja?"

"Die müssten Sie mir leider übergeben."

Ich nahm meine Armbanduhr ab und gab sie ihr zusammen mit meinem Telefon. Mehr hatte ich nicht dabei.

"Sie bekommen die Geräte beim Auschecken zurück."

"Okay."

Klara Kollwitz steckte die Geräte in eine schwarze, komplett undurchsichtige Tüte, legte die Tüte auf den Desk und gab den Security-Mitarbeitern ein Handzeichen. Dann fasste sie mich vorsichtig am Arm und führte mich weiter zu den Aufzügen.

"Frau Brecht wurde leider aufgehalten. Daher muss ich Sie bitten, sich noch ein wenig zu gedulden."

"Kein Problem."

"Wir haben ein Zimmer für Sie vorbereitet. Dort können Sie ihr Gepäck abstellen und sich aufhalten, bis Frau Brecht verfügbar ist. Es sollte nicht allzu lang dauern."

Im Aufzug lief die gleiche Ambient Music wie in der Lobby, aber lauter, sodass man die Unzulänglichkeiten in der Komposition besser wahrnahm. Nein, von Ezra konnte das Stück auf keinen Fall sein.

"Living Floor 5. Visitor side", sagte Klara Kollwitz.

Die Türen schlossen sich und wir fuhren nach oben. Keine zehn Sekunden später gingen sie wieder auf und wir verließen den Aufzug.

Klara Kollwitz ging voran und führte mich einen breiten Flur hinunter, der dem eines Hotels ähnelte. Die Wände waren mit dem gleichen beigen Stein verkleidet wie in der Lobby, aber der Boden war ein anderer. Dieser war dunkelviolett und glänzte. Die Türen zu den Zimmern waren aus hellem Holz, und in den Türen waren Bildschirme eingelassen, auf denen Namen von berühmten Entdeckern standen. Wir kamen an *Erickson*, *Drake* und *Amundsen* vorbei, bevor wir an der Tür mit *Ibn Battūta* hielten. Klara Kollwitz berührte den Bildschirm, die Tür entriegelte sich und wir betraten das Zimmer.

Ein leicht blumiger Duft kam mir entgegen und leises Meeresrauschen kam aus den Lautsprechern in der Decke. Im Zentrum des Zimmer war eine Küchenzeile aufgebaut, auf der drei Obstschalen standen. An der linken Wand stand an Holztisch und an der rechten eine weiße Couch. Die vom Eingang gegenüberliegende Seite des Zimmers war komplett verglast und man konnte auf einen der Seen des Grundstücks blicken.

"So. Da wären wir."

Ich stellte meinen Rucksack ab und folgte Klara Kollwitz zur Küchenzeile.

"Wie gesagt: Sie können sich gern hier aufhalten. Wenn Sie mögen, können Sie aber auch andere Bereiche unseres Haupthauses besuchen. Wir haben den Entspannungsbereich sowie den Unterhaltungsbereich für Sie freigeschaltet."

Sie griff in ihre Hosentasche und holte ein Tablet heraus, das kaum größer oder dicker als meine Kreditkarte war.

"Hier ist Ihre Gast-ID. Damit können Sie sich im Haus bewegen, Funktionen der Krystalis-AI abrufen und mit uns kommunizieren. Frau Brecht wird Sie darüber kontaktieren, sobald sie ready ist."

"Äh… danke."

"Im Kühlschrank finden Sie unser hauseigenes Wasser, sowie Biere, einen Riesling und unseren Softdrink, den Sie unbedingt probieren sollten! Er enthält allerdings Koffein. Sollten Sie Koffein nicht vertragen, würde ich davon eher abraten."

"Okay."

"Wenn Sie Hunger oder sonstige Wünsche haben, kontaktieren Sie bitte unseren Service. Die werden sich dann um Sie kümmern."

"Gut."

"Und nochmal: Entschuldigung für die Verzögerung! Normalerweise passiert uns das nicht. Momentan ist allerdings sehr sehr sehr viel los bei uns im Haus."

"Kein Problem. Wirklich."

"Gut. Dann wünsche ich Ihnen einen angenehmen Aufenthalt hier bei uns!"

"Danke."

Klara Kollwitz verbeugte sich kurz und lächelte. Dann verließ sie das Zimmer und die Tür schloss sich fast geräuschlos hinter ihr.

Ich stand für ein paar Sekunden einfach nur da und rührte mich nicht. Dann atmete ich tief aus und ließ meine Schultern nach unten sacken. Ich zog meine Jacke aus und hängte sie über einen der drei Barhocker an der Küchenzeile, dann ging ich zum Kühlschrank und schaute hinein. Er war in der Tat bis obenhin gefüllt mit Lebensmitteln und Getränken. Ich nahm mir eine braune Flasche heraus und öffnete sie mit meinem Feuerzeug. Nachdem ich den ersten Schluck genommen hatte, ging ich hinüber zum Fenster. Unten beim See stand eine kleine Gruppe Männer, die allesamt in dicke Felljacken gekleidet waren. Einer der Männer hatte ein Gerät in der Hand, von dem ein dickes Kabel herunterhing, welches in den See führte. Der Mann tippte etwas ins Gerät, kurz darauf fing der See zu leuchten an. Die Männer freuten sich, gaben High Fives. Ich nahm einen weiteren Schluck von dem Bier, dann ging ich zur Couch und setzte mich. Das dreckige Wasser lief von der Sohle meiner Schuhe auf den sauberen Boden. Ich zog sie aus, warf sie Richtung Eingang und legte mich hin. Noch bevor ich das Bier ausgetrunken hatte, war ich eingeschlafen.

VIII

Als ich aufwachte, war es bereits wieder dunkel. Die Gardinen des Fensters hatten sich zugezogen, die Abendbeleuchtung im Raum war angegangen und ein warmes, orangenes Licht hatte sich über alles gelegt. Ich setzte mich, und als meine Füße den Boden berührten, trat ich in eine Pfütze. Das Bier war umgefallen und hatte zusammen mit dem Wasser von meinen Schuhen eine Pfütze vor der Couch gebildet. Ich schaute mich nach einer Küchenrolle um, konnte aber keine sehen, also stand ich auf und ging ins Bad. Ich nahm mir eines der weiß-violett gestreiften Handtücher aus dem in der Wand eingelassen Schrank und ging zurück ins Wohnzimmer, um die Pfütze zu beseitigen. Als ich damit fertig war, ging ich zurück ins Badezimmer und warf das Handtuch in die Badewanne.

Es war kurz nach 20 Uhr. Ich schaute auf die ID: Keine Nachricht; Baptista Brecht hatte sich noch nicht gemeldet. Ich überlegte, ob ich den Service anrufen sollte, um nachzufragen, wie es um unseren Termin stand, aber eigentlich war ich nicht in Eile. Und wann war man schon mal auf Krystalis? Den Service rief ich dennoch an und fragte, ob ich etwas zu essen haben konnte.

"Sicher, Herr Escher. Was hätten Sie denn gern?"

Ich überlegte kurz, dann sagte ich: "Curry?""

"Ein bestimmtes?"

"Ähm... Indisches?"

Kurz Stille.

"Okay. Können wir sonst noch etwas für Sie tun?"

"Ja. Wie ändere ich die Raummusik im Zimmer?"

"Einfach über Aurora, unsere hauseigene AI. Aktivieren Sie Aurora über Ihre ID und sagen Sie dem System, was Sie gern hören würden."

"Verstehe."

"Das Essen ist dann spätestens in einer halben Stunde bei Ihnen."

"Danke."

Ich ging zum Kühlschrank und nahm mir ein weiteres Bier. Dann ging ich zu meiner Jacke und holte meine Zigaretten heraus. Als ich mir eine anzündete, merkte ich, wie sich die Einstellungen der Klimaanlage änderten. Ein leichter Sog entstand, der den Rauch in kleinen Poren an der Decke verschwinden ließ. Ich nahm mir die ID und aktivierte die AI.

"Au… Aurora?"

"Herr Escher", antwortete die AI in einer tiefen aber freundlichen Männerstimme.

"Hi!… Kannst du bitte *Spanisch Key* in der Studioalbum-Version abspielen und danach die Platte einfach weiterlaufen lassen?"

"Gern."

Die Ambient Music fadete aus und *Spanish Key* setzte ein. Ich öffnete das Bier.

"Ein wenig lauter, bitte!"

Genau 20 Minuten später klingelte es an der Tür. Über die Lautsprecher teilte man mir mit, dass es sich um das Abendessen handelte.

"Perfekt", sagte ich, und die AI nahm dies als Erlaubnis, die Tür zu öffnen.

Ein automatisierter Wagen kam herein und hielt neben dem Couchtisch an. Die AI bat mich, das Essen vom Wagen zu nehmen, also ging ich hinüber, nahm das Tablett und stellte es auf dem Küchentresen ab. Als ich mich umdrehte, war der Wagen bereits wieder aus dem Zimmer verschwunden.

Auf dem Tablett befanden sich 3 Glocken; eine mit Curry, eine mit Reis, eine mit Naan. Ich öffnete den Hängeschrank über dem Tresen und nahm mir einen Teller heraus. Der Teller fühlte sich an wie Porzellan, war aber um einiges leichter als mein Porzellan zu Hause. Ich machte mir etwas vom Curry darauf und riss ein

Stück vom Brot ab. Dann nahm ich den Teller und ging zurück zur Couch.

"Aurora: Gibt es hier irgendwo einen Bildschirm? Ich würde gern etwas ansehen beim Essen."

"Ja. Im Wohnzimmer gibt es drei ausfahrbare Bildschirme, im Schlafzimmer und im Badezimmer jeweils einen."

"Kannst du einen der Bildschirme im Wohnzimmer anmachen? Am besten den, den ich von der Couch gut sehen kann."

"Gern."

An der Decke gegenüber der Couch ging ein kleiner Spalt auf und ein hauchdünner Bildschirm, der die halbe Wand einnahm, kam heruntergefahren.

"Was möchten Sie sehen?"

"Gute Frage…"

Ich überlegte einen Moment, dann sagte ich: "Zeig mir einfach ein Live-Bild von einem unserer SpaceLiner."

Vor mir tauchten plötzlich die Hände eines Astronauten auf, der an irgendetwas ganz langsam und vorsichtig herumzog. Vor ihm ein Fenster und dahinter Phobos.

Es war bereits nach 21 Uhr, als ich mit dem Essen fertig wurde. Baptista Brecht hatte sich immer noch nicht gemeldet. Ich nahm mir die ID und rief erneut den Service an.

"Herr Escher, wie kann ich Ihnen helfen?"

"Können Sie mir sagen, wann ich mit Frau Brecht rechnen kann?"

"Sie hatten einen Termin?"

"Ja. Bereits um 17 Uhr."

"Oh! Lassen Sie mich kurz schauen…"

Der Mitarbeiter schaltete sein Mikrophon aus und die Ambient Music, die ich am Nachmittag bereits gehört hatte. Sie lief für ein paar Sekunden, dann meldete sich der Mitarbeiter wieder.

"Herr Escher, ich habe leider schlechte Nachrichten für Sie: Frau Brecht wird es heute nicht mehr schaffen."

Ich war nicht sonderlich überrascht.

"Sie hängt leider in einer ganz wichtigen Besprechung mit der Geschäftsführung fest."

"Verstehe."

"Was Frau Brecht Ihnen allerdings anbieten möchte, ist, dass Sie die Nacht hier bei uns verbringen und sich mit ihr am morgigen Vormittag treffen. Wäre das eine Option für Sie? Ansonsten lassen wir Sie auch gern von einem unserer Fahrer wieder in die Stadt bringen."

Ich sah mich kurz um: Das Zimmer war für meine Verhältnisse luxuriös! Eine Nacht würde ich hier schon aushalten. Außerdem ersparte mir die Übernachtung, dass ich am nächsten Morgen wieder nach Krystalis fahren musste. Die Entscheidung fiel mir nicht schwer.

"Kein Problem. Dann bleibe ich die Nacht über hier."

"Vielen Dank, dass Sie uns entgegen kommen! Und wie gesagt: Es tut Frau Brecht auch schrecklich leid."

"Okay."

"Ist Ihnen das Zimmer recht oder wollen Sie vielleicht in ein anderes für die Nacht?"

"Das Zimmer ist super. Danke."

"Können wir Ihnen sonst noch irgendwie behilflich sein?"

"Naja, ich hab kein Wechselpaar Unterwäsche dabei…"

"Wir bringen Ihnen eine Reihe an Unterwäsche in der nächsten Stunde. Kein Problem."

"Super."

"Noch etwas?"

"Nein… Ich denke, sonst habe ich alles."

"Gut. Lassen Sie uns wissen, wenn Sie noch etwas benötigen. Frau Brecht wird sich im Laufe des Vormittags bei Ihnen melden. Frühstück bringen wir Ihnen gern aufs Zimmer. Sie können allerdings auch das Restaurant im Entertainment-Bereich aufsuchen."

"Danke."

"Ach ja: Sollten Sie heute Abend noch etwas unternehmen wollen, so laden wir Sie herzlich ein, unseren Saal Hyperborea zu besuchen. Dort findet die Launch-Party eines unserer Projekte statt. Die Party hat bereits angefangen, aber kein Grund zur Beeilung; die Party wird bis in die Morgenstunden gehen."

"Okay… ich überleg's mir."

"Auf Wiederhören, Herr Escher."

"Auf Wiederhören."

Der Mitarbeiter legte auf und die Musik fadete wieder ein. Ich ging zum Kühlschrank und holte mir ein weiteres Bier. Ich zündete mir eine Zigarette an und betrachtete mich im Spiegel. Launch-Party, dachte ich. Warum nicht? Aber wenn ich heute noch irgendetwas unternehmen wollte, sollte ich mich besser noch einmal duschen.

IX

Als ich beim Saal Hyperborea ankam, war die Launch-Party bereits in vollem Gange. Der Großteil der Gäste war unter 30, aber auch einige im mittleren Alter waren darunter. Es wurde sich in unzähligen Sprachen unterhalten, es wurde getrunken, geflirtet. Im Zentrum des Saals war eine kreisförmige Bühne aufgebaut, auf der zwei Stühle standen und sonst nichts. Ich sah mich für ein paar Minuten um, dann ging ich zur Bar. Auf dem Weg dorthin grüßten mich ein paar Menschen, meistens auf Englisch. Ich grüßte zurück. Ich nahm mir ein Glas Wein vom Tresen und lehnte mich an. In dem Moment, in dem ich den ersten Schluck nahm, färbte sich das Licht im Raum violett und begann zu pulsieren. Anscheinend war ich gerade im richtigen Moment angekommen. Die Gäste im Saal drehten sich aufgeregt zur Bühne. Dann ging das Licht aus und der Raum wurde schlagartig dunkel. Nach ein paar Sekunden beleuchtete ein Scheinwerfer die Bühne und an den Wänden fuhren Bildschirme herunter. Alles wurde von kleinen Drohnen gefilmt, die im Saal herumflogen. Zwei junge Männer, in helle Anzüge und violette T-Shirts gekleidet, betraten die Bühne. Beide hatten lange dunkle Haare und waren aus der Ferne nicht auseinanderzuhalten. Nur auf den Bildschirmen erkannte man, dass einer der beiden einen kurzen Bart trug. Beide lächelten und winkten ins Publikum.

"Guten Abend, Freunde! Wǎnshàng hǎo, Bonsoir and Good Evening! Vielen Dank, dass ihr alle gekommen seid!", sagte der Bärtige. "Das bedeutet Marc und mir sehr viel. Cheers!"

Der andere sagte nichts, sondern lächelte nur und nickte.

"Wie ihr wisst, arbeiten wir nun seit fast zwei Jahren an dem Projekt. Und viele von euch wissen auch, dass wir vor vier Monate fast aufgegeben hätten."

Das Publikum fing an zu pfeifen und zu buhen, der Redner musste lachen.

"Aber wir wissen natürlich auch, dass man hier auf Krystalis nicht so einfach aufgibt."

Jetzt klatschte das Publikum laut. Eine Gruppe junger Frauen, die ganz nah an der Bühne stand, rief geschlossen: "No way!"

"Und dann, vor nicht einmal drei Wochen, kam der entscheidende Durchbruch: Marc hat den Fehler im Algorithmus entdeckt und wir konnten den ersten Prototypen fertigstellen."

Mehr Klatschen.

"Der uns dann aber in der ersten Session gleich erstmal abgeraucht ist…"

Lautes Lachen.

"Aber egal. Ich will euch jetzt nicht mit den Details nerven. Ihr seid hier, um das Ergebnis zu sehen. Deswegen fangen wir am besten gleich an. Eine Bitte allerdings: Seid still und redet nicht. Wir wollen nicht das Ergebnis verfälschen, ja?"

Erneutes Klatschen und wieder einige Rufe von den Gästen. Am lautesten diesmal eine männliche Stimme: "Show us, boys!"

Die beiden jungen Männer setzten sich auf die Stühle und klebten sich jeweils ein kleines, rundes Objekt an die Stirn, das aus der Ferne wie ein Bindi aussah. Dann schlossen sie ihre Augen, und dieser Marc, der noch kein Wort gesagt hatte, hob seinen rechten Arm. Auf den Bildschirmen an der Wand erschien ein Bild. Es war schwarz-weiß und verwaschen, sah wie eine schlechte Bleistiftzeichnung aus. Die Striche wackelten, und es war schwer zu erkennen, was das Bild darstellen sollte. Nach und nach kamen die Linien allerdings zueinander und eine Figur formte sich. Es war ein nackter Mann, der eine Schüssel in den Himmel hielt. Die Schüssel schien zu brennen und der Mann schien auf dem Meer zu stehen. Nach und nach wurden die Konturen feiner und man sah, dass der Mann breitbeinig auf einem Steg stand. Unter dem Mann erschien ein Schiff, das zwischen seinen Beinen durchfuhr.

"Der Koloss von Rhodos", sagte der Bärtige.

"Korrekt", erwiderte dieser Marc.

Beide öffneten ihre Augen und lächelten. Das Publikum fing erneut zu klatschen an. Diesmal noch lauter und euphorischer.

"My turn."

Beide schlossen ihre Augen und das Bild verschwand von den Wänden. Wieder war alles weiß. Wieder erschienen zunächst einzelne Striche, die allerdings nach und nach zusammenkamen. Diesmal war ein Tier zu sehen.

"Platypus."

"Yes, sir."

Wieder lautes Klatschen, wieder euphorische Rufe aus dem Publikum. Das ganze Spiel wiederholten die beiden noch drei Mal (mit den Pyramiden von Gizeh, dem Berliner Fernsehturm, und dem ersten Flugzeug der Gebrüder Wright). Während das Publikum die beiden abfeierte, nahm ich mir ein weiteres Glas Wein.

"Und damit ihr seht, dass wir das nicht einstudiert haben, bitten wir jetzt zwei von euch, den Prototypen auszuprobieren. Also: Wer will?"

Alle Hände schossen in die Höhe. Jeder wollte, außer ich. Es wurde eine junge Frau und ein junger Mann ausgewählt, die ebenfalls beide helle Anzüge trugen. Die beiden gingen auf die Bühne.

"Okay. Wer von euch möchte zuerst senden und wer will empfangen?"

Der junge Mann ließ der jungen Frau den Vortritt. Die Erfinder nahmen die Objekte von ihrer Stirn und klebten sie auf die der beiden Probanden. Die junge Frau und der junge Mann setzten sich auf die Stühle und schlossen ihre Augen. Wieder wurden die Bildschirme weiß und wieder erschienen einzelne Striche. Diese aber zarter und weitaus weniger dicht. Es dauerte ungefähr eine Minute, bis sich eine erste Form erkennen ließ. Nach und nach waren zwei Menschen zu sehen, und nach und nach erschien hinter den Menschen ein Gebäude. Die junge Frau fing an zu lachen.

"Die Zwillinge. Die Zwillinge vor Krystalis!"

Das Publikum applaudierte laut. Lauter noch, als bei der Vorstellung der anderen. Einige im Publikum riefen: "*Krystalis, Krystalis!*"

Die Probanden öffneten ihre Augen und schauten ins Publikum, selbst überrascht, dass das Experiment geglückt war. Die Erfinder klopften den beiden auf die Schultern.

"Wollt ihr nochmal?"

"Sure", sagte der junge Mann.

Diesmal sendete die junge Frau ein bekanntes Bild von Bob Dylan im Chelsea Hotel, irgendwann in den 60er Jahren des 20. Jahrhunderts. Der junge Mann erkannte es auf Anhieb. Das Spiel ging noch zwei Mal hin und her, dann bedankte sich der Bärtige bei den beiden und schickte sie von der Bühne.

"So. Ich hoffe, unsere Vorstellung hat euch gefallen!"

Wieder klatschten alle.

"Wenn ihr wollt, könnt ihr bei uns in den nächsten Tagen mal im Hangar vorbeikommen und den Prototypen selbst ausprobieren. Wir beginnen jetzt die dritte Phase der Entwicklung und hoffen euch in ein paar Monaten die nächste Stufe präsentieren zu können."

Mehr klatschen.

"Danke nochmal, dass ihr alle heute hier wart! Ohne eure Unterstützung und Ratschläge hätten wir es nie so weit gebracht. Danke, Krystalis!"

Als das Licht wieder anging, hatte ich das dritte Glas Wein bereits ausgetrunken. Einige Gäste gingen zur Bühne, um den beiden zu ihrer Arbeit zu gratulieren. Andere kamen an die Bar. Ich nahm mir ein weiteres Glas, dann trat ich zur Seite.

Ein junger Mann, der aussah als wäre er gerade erst aus der Pubertät, trat neben mich und nahm sich ebenfalls ein Glas Wein.

"Und? Ganz schön beeindruckend, oder?", sagte er.

"Ähm... ja, ziemlich."

"Ich find's echt geil, dass die beiden endlich den Durchbruch geschafft haben. Das ganze Frühjahr waren sie so dermaßen durch."

"Ach?"

"Mega! Einmal war ich im Hangar, als die beiden sich prügelten. Die Leitung musste Mediatoren kommen lassen."

"Krass."

"Aber wie man sieht, hat es sich ja ausgezahlt."

"Schon."

"Und du? Was geht bei dir?"

"Ähm… ich bin nur zu Besuch eigentlich."

"Zu *Besuch*? Presse?"

"Nein, nein. Ich… ich besuche einen Freund."

"Wen denn?"

"Ähm…"

Der junge Mann lachte kurz auf.

"Haha! Ich versteh schon. Musst du mir nicht auf die Nase binden, wenn du nicht willst. Aber hey: Ich muss mal schnell meiner Begleitung etwas zu trinken bringen. Willst du mitkommen?"

"Ich… eher nicht. Ich hab morgen früh einen Termin und sollte heute nicht so lange machen."

"Wie du meinst. Hat mich auf jeden Fall gefreut!"

"Ebenfalls."

Der junge Mann nahm sich noch zwei Gläser vom Tresen, dann holte er eine kleine Schachtel aus seiner Hosentasche und öffnete diese. Er holte zwei Pillen heraus und ließ diese in die Gläser fallen.

"Cognition Booster", sagte er und zwinkerte mir zu.

Dann verschwand er wieder in der Menge. Ich trank mein Glas aus und ging zurück auf mein Zimmer.

X

Ezra war betrunkener als ich, also trug ich seine Gitarre. Es war Sommer und überall in der Stadt waren die Menschen unterwegs, nur auf unserer Strasse in Moabit nicht. Es war warm und die Nacht war klar. Sterne waren am Himmel zu sehen und in der Ferne, irgendwo beim Tiergarten, schoss Feuerwerk in die Luft. Es roch nach gegrilltem Fleisch und aus den offenen Fenstern kam äthiopischer Jazz. Wir waren 19 Jahre alt und gerade erst zusammen gezogen.

Den ganzen Tag über hatten wir das Studio eingerichtet, dabei getrunken und gegen 20 Uhr dann jeder eine erste Pille genommen. Wir waren auf dem Weg zu unserer Wohnung und sprachen über das Album. Damals waren wir gerade dabei, die erste und einzige Platte unseres gemeinsamen Projekts White Palms aufzunehmen. Wir hatten bereits zwei Singles veröffentlicht, die ganz gut gelaufen waren, und spielten regelmäßig live. Ein Kritiker hatte geschrieben, dass wir Elemente von House, Chansons und Hip-Hop miteinander verschmolzen, um daraus etwas "ganz eigenes" zu kreieren. Darüber mussten wir lachen, weil nichts davon stimmte. Ein paar Labels und Verlage waren an uns herangetreten, um uns unter Vertrag zu nehmen, aber wir entschieden uns dazu, zunächst die Platte fertigzustellen.

"Ich hol noch mal schnell Bier", sagte Ezra, als wir an einem Spätshop vorbeikamen. "Hast du noch Geld einstecken?"

"Klar."

Ich gab ihm meinen Geldbeutel. Ezra erhielt zu dieser Zeit ausschließlich Einnahmen von seiner ersten Solo-Platte unter dem

Namen Ezra Brandenburg, aber das Geld reichte gerade so für seine Anteile an der Wohnungs- und Studiomiete. Ab und an spielte er ein paar Shows in der Stadt, aber die meiste Zeit arbeitete er am White Palms-Debüt. Finanziell hielt ich uns über Wasser. Während er im Studio saß, jobbte ich in Connies Café.

"Hier."

Ezra hielt mir eine kalte Flasche Bier hin. Ich stellte seinen Gitarrenkoffer ab und wir stießen an. Als wir beide absetzten, hatte ich bereits die halbe Flasche ausgetrunken.

"Hey", rief eine weibliche Stimme hinter uns.

Wir drehten uns um. Vor uns stand eine junge Frau in unserem Alter. Sie trug einen Poncho und Jeans-Shorts, und hatte einen geschlossenen Regenschirm in der Hand.

"Hey!", rief Ezra zurück.

"Sagt mal, wo wart ihr denn solang?"

Ezra und ich sahen uns verwundert an.

"Wieso?", fragte ich.

"Ich hatte euch doch schon vor zwei Stunden gesagt, dass ihr euch beeilen sollt!"

"Sorry, aber ich glaube, du verwechselst uns…"

"Nee, das glaub ich nicht. Und überhaupt: Wieso habt ihr mir kein Bier mitgebracht?"

"Äh…"

"Na, was ist?"

Ezra hob seine linke Augenbraue hoch.

"Will nicht einer von euch mir ein Bier anbieten?"

"Willst du ein Bier?", fragte ich.

"Sicher doch."

Ich lachte und gab Ezra meins. "Hier. Halt mal."

Dann ging ich in den Spätshop und holte ihr auch ein Bier. Als ich zahlte, fragte ich mich, ob wir sie von irgendwoher kannten, aber war mir sicher, dass das nicht der Fall war. Als ich aus dem Laden kam, zündete ihr Ezra gerade eine Zigarette an. Ich öffnete ihr das Bier.

"Cheers!", sagte sie.

Wir stießen an. Ich trank mein Bier aus und stellte es auf den Bordstein.

"Ich seid ganz schöne Clowns, dass ihr ner Wildfremden einfach ein Bier kauft."

"Also kennen wir uns doch nicht?", fragte Ezra.

"Haha! *Natürlich nicht!* Was ist denn mit deinem Kopf los? Oder kennst du so viele Menschen, dass sie nicht mehr auseinanderhalten kannst?"

"Sorry. Wir haben schon einiges geladen heute."

"Ja, so seht ihr mir auch aus."

"Und du? Was machst du hier?", fragte ich.

"Ich gehe spazieren."

"Spazieren? Samstag Nacht in Moabit?"

"Na, was macht ihr denn hier?"

"Wir wohnen dort vorn", sagte Ezra.

"Bullshit. Hier wohnt doch niemand!"

"Klar! Wir."

Sie nahm einen weiteren Schluck und schaute abwechselnd Ezra und mir in die Augen. Dann sagte sie: "Ey, ich mach nur Spaß. Ich wohn auch hier um die Ecke."

"Ach was?"

"Ja, *was*! Und was habt ihr hier?" Sie zeigte auf Ezras Gitarrenkoffer. "Strassenmusiker?"

"So was in der Art."

"Cool. War auch mal mein Karrierewunsch. Hab mich dann aber entschlossen, lieber in die Zukunftsforschung zu gehen."

"Ernsthaft?", fragte Ezra.

"Natürlich nicht! Du bist echt nicht der Hellste, oder?"

"Fuck off!"

"Aber sagt mal: Jetzt, wo ich euch schon um ein Bier und ne Zigarette angehauen hab, habt ihr vielleicht noch was zum Rauchen dabei?"

"Ich glaub nicht, aber lass mal checken…"

Ich holte mein Tabakpaket raus und schaute nach, konnte aber nichts finden.

"Nee. Aber wir sollten noch was zu Hause haben."

"Naja, dann los geht's, oder?"

"Jetzt lass uns doch erstmal unser Bier austrinken", sagte Ezra.

"Dein Kumpel ist schon fertig."

"Dann lass *mich* halt erstmal *mein* Bier austrinken."

"Meinetwegen. Aber beeil dich! Ich hatte schon vor, vor Mitternacht high zu sein."

Ezra musste lachen.

"Das ist nicht lustig! Vielleicht hab ich ja ne Suchtstörung. Daran mal gedacht?"

"Besonders krank siehst du nicht aus. Aber: I get your point."

Ezra trank sein Bier in einem Schluck aus, dann nahm ich seinen Gitarrenkoffer wieder und wir gingen weiter.

"Sag mal: Wie heißt du eigentlich?"

"Mathilda."

Den Rest der Nacht verbrachten wir in unserer Küche. Wir tranken und rauchten und spielten Mathilda unsere Musik vor. Mathilda erzählte von ihrer Arbeit und ihren Eltern. Irgendwann holte sie noch ein paar Pillen aus ihren Geldbeutel. Wir fingen an zu tanzen, und tranken und rauchten noch mehr. Ezra musste sich übergeben und Mathilda war einmal kurz davor. Am Mittag wurden wir dann alle müde und boten Mathilda Ezras Bett an. Ezra und ich schliefen zusammen in meinem. Keine vier Wochen später zog Mathilda bei uns ein.

XI

Als ich aufwachte, war ich ausgeruht und entspannt, und das, obwohl ich nur knapp sechs Stunden geschlafen hatte. Ich konnte mich nicht erinnern, wann ich das letzte Mal einen so guten Schlaf hatte (vielleicht noch nie?). Das Bett hatte die ideale Härte, die Luft im Zimmer war die ganze Nacht über frisch geblieben und der Raum hatte die perfekte Temperatur. Obwohl ich am Abend nicht unwesentlich viel getrunken hatte, waren die Kopfschmerzen vom Vortag gänzlich verschwunden. Ich bat die AI, mir doch bitte Kaffee zu machen und Dvořáks Sinfonie *Aus der Neuen Welt* anzustellen, bevor ich aufstand und eine lange Dusche nahm.

Es war kurz nach 9 Uhr, als ich mit nassen Haaren und nur mit einem Handtuch begleitet beim Küchentresen stand und den ersten Schluck vom Kaffee nahm. Ich zündete mir eine Zigarette an und schaute auf die ID: Immer noch keine Nachricht von Baptista Brecht. Während ich schlief, hatte der Service allerdings sein Versprechen wahr gemacht und mir Unterwäsche besorgt. Diese lag auf dem Tisch bei der Tür. Ich nahm mir eine Shorts und zog mich an. Mein T-Shirt roch ein wenig nach Schweiß, aber einen Tag würde ich damit noch auskommen. Kurz überlegte ich mir, Frühstück aufs Zimmer bringen zu lassen, entschied mich dann aber doch dazu, das Restaurant im Entertainment-Bereich aufzusuchen. Nachdem ich meine Haare getrocknet hatte, verließ ich das Zimmer und nahm den Aufzug in die 6. Etage.

Als ich aus dem Aufzug stieg, kamen mir bereits zahllose Stimmen entgegen. Offensichtlich war ich nicht der einzige, der an diesem Tag im Restaurant frühstücken wollte. Ich betrat den Saal. Alle

30 Tische waren besetzt. Ich schaute mich kurz nach einem freien Stuhl fand, konnte aber keinen sehen. Ich wollte schon zurück auf mein Zimmer gehen, als ich jemanden neben mir rufen hörte.

"Heyheyhey!"

Ich drehte mich um. Es handelte sich um den jungen Mann, den ich in der Nacht zuvor an der Bar kennengelernt hatte.

"Hey", rief ich zurück.

Er stand von seinem Tisch auf und kam zu mir herüber. Obwohl er wahrscheinlich noch ein gutes Stück länger als ich unterwegs gewesen war, sah er frisch und ausgeschlafen aus. Er trug eine weiße Jeans und ein violettes T-Shirt mit dem Krystalis-Logo auf der linken Brust. Schuhe trug er keine.

"Na, schau an! Gut geschlafen?"

"Ziemlich. Und selbst?"

"Immer. Willst du frühstücken?"

"Das hatte ich vor."

"Nimm unbedingt die Eggs Benedict und sag mir, was du denkst?"

"Ähm… wieso?"

"Vertrau mir. Oder magst du keine Eier?"

"Doch. Schon."

"Na dann. Wo sitzt du denn?"

"Keine Ahnung. Anscheinend gibt's keinen freien Platz mehr."

"Nee, sieht nicht danach aus. Aber wenn du willst, kannst du bei uns sitzen. Étienne geht gerade."

"Wirklich?"

"Sure thing."

"Cool. Danke."

"Kein Problem."

Ich ging zum Tresen und schaute mir das Essen an: Hauptsächlich exotisches Obst und lokales Gemüse, aber auch Getreide- und Milchprodukte waren ausgelegt. Hinter dem Tresen stand ein sportlich-aussehender Mann, Ende 40 vielleicht, ebenfalls in weißer Jeans und violettes T-Shirt gekleidet. Er trug einen Schnauzbart und seine Haare kurz und zur Seite gelegt.

"Hallo", sagte ich.

"Guten Morgen! Was hätten Sie denn gern?", erwiderte er mit einem leichten britischen Akzent.

"Ähm.. mir wurden die Eggs Benedict empfohlen…"

Der Mann musste laut lachen.

"Von Ben?"

"Kann sein. Wir haben uns noch nicht vorgestellt. Stimmt mit den Eiern was nicht?"

"Nein, alles in Ordnung. Ich bring die Eier sofort. Was ist Ihr Tisch?"

Ich drehte mich um und zeigte auf den Tisch.

"Nummer 27?"

"Wo dieser Ben sitzt."

"Gotcha. Darf es noch etwas sein?"

"Was empfehlen Sie denn?"

"Wie wäre es mit einer Grünkohl-Haferflocken-Suppe?"

Ich fand die Kombination etwas seltsam, aber antwortete mit: "Gern."

"Kommt sofort. Getränke bekommen Sie hier."

Er wies auf einen Kühlschrank neben dem Tresen, der in der Wand eingelassen war.

Ich bedankte mich und ging hinüber. Hunderte verschiedener Getränke waren aufgebaut; hauptsächlich Säfte und Wasser, aber auch Eistees, Weine und Biere. Ich nahm mir ein Wasser und einen Tomatensaft, dann ging ich zurück zum Tisch.

Ben unterhielt sich mit der jungen Frau, aber als er mich kommen sah, rief er etwas *zu* laut zu mir herüber: "Hast du die Eier bestellt?"

Einige der Gäste drehten sich zu mir um.

"Ja", antwortete ich und lief rot an.

Ich ging zum Tisch und setzte mich.

"Du wirst begeistert sein. Trust me!"

Ich öffnete die Flasche und nahm einen Schluck vom Wasser. Es schmeckte leicht süßlich.

"Das hier ist übrigens Erin."

"Nice to meet you", sagte sie mit starkem amerikanischen Akzent und lächelte. Ihre Zähne waren ganz weiß, was durch ihre gebräunte Haut besonders zur Geltung kam. Ihre dunklen Haare hatte sie zu einem strengen Zopf zusammengebunden. Auch sie trug ein violettes T-Shirt.

"You too."

"Sorry, my German is not especially gut yet."

"That's alright."

Ich nahm noch einen weiteren Schluck, da ich nicht wusste, was ich sagen sollte.

"Erin arbeitet an einer neuen Art der Desalinisierung des Meereswassers."

"I try."

"Here? In Brandenburg?"

"It's mostly theoretical. But we have a research center on Sylt." Sylt sprach sie Silt aus. "I try to go there every other month."

"Sounds… interesting?"

Sie lachte. Hatte ich etwas falsches gesagt?

"And you? What do you do?"

Ich überlegte, was ich am besten antworten sollte, aber dann kam auch schon der Kellner oder Koch oder beides, bei dem ich die Bestellung aufgegeben hatte, und stellte zwei Teller vor mir ab.

"Danke", sagte ich. Der Kellner nickte. Dann zwinkerte er Ben zu und ging wieder.

Ben sah mich erwartungsvoll an, also probierte ich zunächst die Eggs Benedict. Sie waren bereits gesalzen und schmeckten wie… gewöhnliche Eggs Benedict.

"Und? Wie sind sie?"

"Gut", antwortete ich.

"*Gut?*"

"Ja, also schmecken halt wie Eier."

Plötzlich sprang Ben auf, streckte seine Arme in die Höhe und schrie: "Bam!" Wieder drehten sich einige Gäste zu uns um.

"Sorry!", sagte er und ließ sich zurück auf den Stuhl fallen.

"War das… die richtige Antwort?", fragte ich.

"Weißt du, woher die Eier kommen?"

"Äh… von hier?"

"Richtig! Sie kommen von hier. Sie kommen aber nicht von Hühnern, sondern aus dem Labor. Die Eier waren mein Frühjahrsprojekt."

Ich schaute zu Erin. Sie rollte mit den Augen.

"He does that with *everyone*. Don't worry."

"Krass… Ziemlich beeindruckend."

Ben stand auf und verbeugte sich.

"Thank you, Sir. Thank you! Aber wenn du meinst, *das* ist beeindruckend, solltest du mal sehen, an was Étienne momentan arbeitet."

Erin sah Ben irritiert an.

"Étienne?", fragte ich nach.

"Der vorher auf deinem Stuhl saß. Arbeitet an Erinnerungsmanipulation. Egal. Wirst ihn vielleicht noch kennenlernen."

Ben schaute auf seine ID.

"Oh! Schon fast 10! Jetzt muss ich wirklich los. Stand-up Meeting. Wie lang bleibst du hier?"

"Bis zum Nachmittag, nehme ich an."

"Es war mir eine Freude, dich kennengelernt zu haben!"

Er verbeugte sich erneut, dann gab er mir die Hand.

"Mir auch."

"Which way are you going?", fragte Erin.

"Yard."

"Then I'll come with you."

Sie stand ebenfalls auf und verabschiedete sich. "Pleasure! Enjoy your stay."

"Thanks."

Die beiden verließen das Restaurant und ich aß weiter mein Frühstück. Dabei sah ich aus dem Fenster: Es schneite stark und man konnte keine 50 Meter weit sehen. Alles war grau.

Als ich das Restaurant verließ, hatte es sich bereits gut geleert. Es schien, als wären alle schon wieder bei der Arbeit. Ich nahm mir noch eine Flasche Wasser, dann ging auch ich wieder zurück zu den Aufzügen.

XII

Mathilda hatte zwei Flaschen Rotwein und eine Packung Zigaretten dabei. Als ich ihr kurz nach 20 Uhr die Tür öffnete, war sie bereits so betrunken, dass sie zu Boden fiel, als sie versuchte, ihre Turnschuhe auszuziehen. Wir hatten Ezra seit Wochen nicht gesehen, da er vor seinem Umzug noch ein Projekt fertigstellen wollte, und auch Mathilda und ich waren uns ein paar Tage aus dem Weg gegangen.

"Sorry! Ich war den ganzen Tag arbeiten und brauchte schon mal ein Feierabendglas."

"Eins?"

"Ja, *eins*!"

Ich half ihr auf.

"Dass gerade *du* immer den Moralisten raus hängen lassen musst…"

"Was hab ich denn gesagt?"

"Whatever."

Wir gingen in die Küche. Während ich kochte, tranken wir und unterhielten uns über die vergangenen Wochen, Politik, ihre Arbeit und Ezra. Wir tranken die erste Flasche, dann aßen wir, dann öffneten wir die zweite und irgendwann die dritte. Gegen 22 Uhr war die Packung Zigaretten alle und wir drehten Zigaretten von meinem Tabak. Der Rauch stand in der Küche, aber er störte uns nicht. Dazu hörten wir Musik. Hauptsächlich amerikanischen Folk; Joni Mitchell, Cat Power.

"Ich werde ihn vermissen", sagte Mathilda, während sie die letzten Schlücke der letzten Flasche auf die Gläser verteilte.

Ich nickte und starrte auf die Einkaufsliste, die vor mir auf den Tisch lag. Bald würden wir nur noch für zwei Personen einkaufen müssen.

Als ich wieder aufschaute, konnte ich sehen, dass Mathilda leise weinte. Unsere Blicke trafen sich kurz, dann schaute sie weg und zündete sich eine Zigarette an.

"Vielleicht kommt er ja bald zurück…", sagte ich.

Mathilda nahm einen Zug und blies den Rauch ganz langsam aus.

"Ich bitte dich."

Sie drehte sich wieder zu mir und schaute mir in die Augen. Ich spürte ihren Fuß an meinem und zündete mir ebenfalls eine Zigarette an.

"Ich mein's ernst. Vielleicht ist Krystalis nichts für ihn."

Mathilda lachte und schaute an die Decke. "Sicher."

Sie fuhr mit ihren Fuß langsam meine Waden entlang.

"Wann hast du eigentlich das letzte Mal geschlafen?", fragte sie, noch immer an die Decke starrend.

"Was meinst du?"

"Wann immer ich in der Nacht aufwache, sitzt du am Rechner und machst Musik."

"Letzte Nacht habe ich geschlafen."

"Ach ja? Wie lang?"

"Ein paar Stunden."

Mathilda nickte. "Verstehe."

Mein Herz begann schneller zu schlagen und meine Hände wurden feucht.

"Hast du jemals dran gedacht, ebenfalls abzuhauen?"

"Abzuhauen? Wohin denn?"

"Keine Ahnung. In den Süden. Oder in den Norden. Jetzt, wo Ezra geht, hält dich doch nichts mehr in der Stadt."

"Mir gefällt's hier ganz gut."

Mathilda schaute mich wieder an.

"Oder bist du einfach nur zu feige?"

Ich stand auf und ging hinüber zu ihr. Sie stand ebenfalls auf und wir standen uns eine Weile gegenüber. Dann zog ich ihr den Pullover aus und sie öffnete meinen Gürtel. Wir gingen in mein

Zimmer und schliefen miteinander, ohne uns zu küssen. Als wir fertig waren, holte sie eine halbvolle Flasche Wodka aus dem Kühlschrank und wir tranken sie gemeinsam in meinem Bett. Irgendwann schliefen wir ein.

Als ich am Mittag aufwachte, war Mathilda verschwunden. Ich lag eine Weile im Bett und laß die Nachrichten, dann stand ich auf und nahm eine lange Dusche.

Als ich danach die Küche betrat, saß Ezra am Tisch. Die Fenster waren geöffnet und jemand hatte sauber gemacht.

"Hey", sagte ich.

Er schaute nicht auf.

"Was machst du denn hier?"

"Ich such nur ein paar Sachen zusammen."

"Wie war die Session?"

"Ganz gut. Sind fast fertig."

"Cool."

"Yep."

"Und bei euch? Was gibt's bei euch Neues?"

"Nicht viel, ehrlich gesagt."

"Ach ja?"

"Ja."

"Sorry, dass ich so kurzfristig absagen musste. Aber ich hab bereits gehört, dass ihr euch auch allein eine angenehme Nacht gemacht habt."

Ich spürte ein Stechen im Bauch.

"Ezra, ich…"

"Schon okay."

"Jetzt lass mich doch erstmal erklären…"

"Was gibt's denn groß zu erklären? Wenn ihr ficken wollt, dann fickt halt. Easy-Peasy. Bald bin ich weg und ihr müsst es nicht mehr im Geheimen tun."

"Ezra, das war das erste Mal, dass wir…"

"Easy-Peasy, mein Lieber. Du musst dich nicht erklären."

Und damit war die Diskussion von seiner Seite aus beendet. Ich nahm mir eine Tasse aus dem Schrank und schenkte mir etwas Kaffee ein. Dann stellte ich mich ans Fenster und schaute in den Innenhof. Es war Sommer. Einer unserer Nachbarn spielte lauten Techno.

XIII

Kurz bevor ich wieder in meinem Zimmer ankam, erhielt ich einen Anruf vom Service.

"Herr Escher?"

"Ja."

"Frau Brecht würde Sie jetzt empfangen."

"Ah…"

"Kommen Sie bitte in den Administration Floor, 7. Etage. Dort einfach geradeaus in das große Office."

"Okay."

"Bitte machen Sie sich sofort auf dem Weg. Frau Brecht hat leider nicht allzu viel Zeit."

"Mach ich."

Ich ging zu den Aufzügen und fuhr nach oben. Als ich aus dem Aufzug trat, stand ich in einem knapp 100 Quadratmeter großen, aber komplett leeren Raum. An den Wänden lief eine Dokumentation über Krystalis. Ich ging geradeaus zu einer Flügeltür, und als ich vor ihr stand, fuhr diese langsam zur Seite auf und verschwand komplett in der Wand.

Baptista Brecht saß an einem durchsichtigen Schreibtisch, auf dem drei Monitore aufgebaut waren. Die Wand hinter ihr war komplett verglast und man konnte den Hof überblicken. Baptista Brecht sah jünger aus, als ich sie mir vorgestellt hatte. Ich hatte angenommen, dass sie um die 50 sei, sie konnte aber kaum älter als Mitte 30 sein. Ihre dunklen Haare waren kurz geschnitten und nach hinten gelegt. Sie trug einen weißen Anzug und darunter ein weißes Hemd.

"Ah, Herr Escher! Jetzt schaffen wir es endlich."

Sie stand auf und lächelte.

"Sieht so aus."

Ich ging zu ihr hinüber und gab ihr die Hand. Die Tür hatte sich automatisch wieder geschlossen.

"Es tut mir schrecklich leid, dass ich Sie habe warten lassen."

"Kein Problem."

"Normalerweise passiert mir so etwas nicht. Aber momentan gibt es bei uns einfach zu viel zu tun. Setzen Sie sich doch!"

Sie wies auf einen der drei Schalensitze in der Mitte des Raums. Ich ging hinüber und setzte mich.

"Möchten Sie etwas trinken? Ich habe gerade Tee aufgesetzt."

"Einen Tee würde ich nehmen. Danke."

Sie stellte eine Kanne und zwei kleine Tassen auf den Tisch, dann setzte sie sich mir gegenüber.

"Zunächst: Mein Beileid! Der Tod von Ezra hat auch uns schwer getroffen. Wir können es immer noch nicht so richtig verstehen."

Ich nickte.

"Wann hatten Sie mit Ezra das letzte Mal Kontakt, wenn ich fragen darf?"

"Vor einem Jahr ungefähr. Viel Kontakt war es aber nicht; ein paar Mails. Sie hatten mit Sicherheit mehr mit ihm zu tun."

"Jeder, der hier arbeitet und lebt, entscheidet selbst, wie viel Zeit er mit den anderen Bewohnern verbringt. Seit Ezra mit der Fertigstellung der Sinfonie beschäftigt war, haben auch wir ihn nur noch selten zu Gesicht bekommen."

"Verstehe."

"Als Sie mit Ezra geschrieben haben, hatte er mit Ihnen über seine… Probleme geredet?"

"Probleme?"

"Ja."

"Nein. Unser Austausch war recht oberflächig. Ich hab ihn erzählt, was in der Stadt passiert. Er, dass er in den letzten Phasen der Arbeit ist. Smalltalk."

"Okay. Ich hatte gehofft, dass Sie vielleicht etwas Licht auf sein Verhalten werfen können."

"Ich befürchte nicht."

Sie schenkte etwas Tee in die Tassen.

"Danke."

Wir nahmen beide einen Schluck. Ich konnte den Geschmack nicht zuordnen.

"Herr Escher," Baptista Brecht lehnte sich im Sessel zurück, "bevor wir fortfahren, muss ich Sie ein paar persönliche Dinge fragen."

"Mich? Wieso?"

"Dazu komme ich gleich."

"Was wollen Sie denn wissen?"

"Üben Sie momentan einen Beruf aus?"

"Ja, ich arbeite in einem Café. Also eigentliche einer Bar, aber tagsüber sind wir ein Café und ich arbeite meist tagsüber."

"Wie stark sind Sie in dem Café, oder dieser Bar, eingebunden? Sind Sie Teilhaber?"

"Teilhaber? Nein, ich arbeite dort nur drei Mal in der Woche. Oder wie ich eben gebraucht werde."

"Und den Rest der Zeit machen Sie…?"

"Gelegentlich mache ich Musik. Aber nicht viel."

"Sie haben früher gemeinsam mit Ezra gearbeitet, richtig?"

"Das stimmt, ja. Aber eigentlich hat Ezra die meiste Arbeit gemacht. Deswegen war er ja auch hier auf Krystalis und nicht ich."

"Verstehe. Und haben Sie außer Ihrer Arbeit in dem Café noch andere Verpflichtungen in der Stadt?"

"Verpflichtungen?"

"Verpflichtungen anderen Menschen gegenüber: Sind Sie in einer Beziehung? Verheiratet? Haben Sie Kinder?"

Ich musste kurz an Mathilda denken, verwarf aber den Gedanken sofort wieder.

"Nein, keine. Aber warum fragen Sie? Ich dachte, es geht hier um Ezra und nicht um mich."

"Sehen Sie: die Führung und ich haben uns lange unterhalten, wie wir mit der Situation am besten umgehen."

"Welcher Situation?"

"Als Ezra… gefunden wurde, wurde auch eine Nachricht von ihm gefunden."

"Ach?"

"Und in dieser Nachricht war eine Bitte an die Führung des Hauses gerichtet."

Ich nahm einen weiteren Schluck von dem Tee.

"Ezra bat darum, *Ihnen* seinen Platz hier auf Krystalis zu geben, damit Sie seine Sinfonie fertig stellen können."

Jetzt lehnte auch ich mich im Sessel zurück und sah sie fragend an.

"Bitte *was*?"

"Ezra sah sich anscheinend außer Stande seine Arbeit abzuschließen. Sein letzter Wunsch, wenn man so will, war, dass wir Ihnen erlauben, seine Arbeit hier zu vollenden."

Sie holte das Schreiben aus ihrem Schreibtisch und gab es mir. Es war ohne Zweifel Ezras Handschrift.

"Hören Sie… ich… ich habe ehrlich gesagt keine Ahnung, was er sich dabei gedacht hat. Ich bin bei weitem nicht das Talent, das er war", sagte ich.

"Sie müssen mich nicht überzeugen, Herr Escher. Ich bin nur die Überbringerin der Nachricht."

Ich las das Schreiben ein weiteres Mal.

"Offensichtlich war er gestörter, als ich dachte."

"In jedem Fall habe ich mich mit der Führung darüber beraten. Normalerweise nehmen wir neue Mitglieder nicht auf diesem Weg auf. Aber wir sehen uns auch als Familie. Eine Familie, die auf die Wünsche ihrer Mitglieder eingeht. Lebendig oder tot."

"Und das soll heißen?"

"Sollten Sie sich dazu entscheiden, die Arbeit Ihres Freundes abzuschließen, dann würden wir Ihnen unter gewissen Vorbehalten und Restriktionen die Wohnung von Ezra überlassen. Dort könnten Sie leben und arbeiten. Allerdings würden für Sie die gleichen Regeln gelten, wie für alle anderen hier auch."

"Und die wären?"

"Hauptsächlich die Befolgung der House Rules, einschließlich der eingeschränkten Kommunikation mit der allgemeinen Öffentlichkeit, sowie diverse Rechteabgaben."

Ich versank im Sessel. *Ich? Auf Krystalis?* Ich hatte hier nichts verloren! Und wie kam Ezra auf die Idee, dass ich seine Arbeit abschließen konnte?

"Also ehrlich gesagt, weiß ich nicht, was sich Ezra dabei gedacht hat. Ich mein, ich kenne ja seine neue Arbeit noch nicht einmal! Wie soll ich…"

"Sie müssen sich nicht jetzt entscheiden, Herr Escher. Der Gästeraum, in dem sie sich momentan befinden, wird Ihnen für die nächsten Tage freigehalten. Vielleicht schauen Sie sich die Arbeit von Ezra erst einmal an, überlegen, ob Sie etwas beisteuern können oder wollen, schlafen dann noch einmal darüber und geben uns dann Bescheid."

Ich wusste nicht, was ich sagen sollte.

"Auch uns hat die Bitte verwundert."

"Hat er hat er sonst noch etwas…?"

"Ja. Neben dem Schreiben, hat er auch Ihnen noch einen Brief sowie eine Everbox - eine Art Sicherheitsschatulle - hinterlassen. Hier…"

Sie reichte mir einen einfachen Briefumschlag. Ich steckte ihn in die Innentasche meiner Jacke.

"In der Sicherheitsschatulle sollten Sie alle notwendigen Informationen zu seiner Arbeit finden. Diese lässt sich allerdings nur von Ihnen öffnen, daher kann ich das nicht verifizieren."

Ich schüttelte den Kopf.

"Wow… Und wo finde ich diese… Schatulle?"

"In Ezras Wohnung. Sollten Sie sich dazu entscheiden, zumindest über Ezras Bitte nachzudenken, würde ich Ihnen seine Wohnung jetzt freischalten."

"Und wenn ich das nicht tue?"

"Wenn nicht, dann muss ich Sie leider bitten, Krystalis im Laufe des Tages wieder zu verlassen. Natürlich würden wir Ihnen einen Fahrer stellen, der Sie zurück in die Stadt bringt."

"Verstehe."

"Hören Sie, Herr Escher: Ich kann mir vorstellen, dass das jetzt alles etwas viel für Sie ist."

"Können Sie das?"

"Auch für uns ist es schwer. Ezra hat uns allen hier viel bedeutet und der Schock sitzt tief."

"Hat Ezra eigentlich geschrieben, wo er beerdigt werden will?"

"In seiner Nachricht nicht. Über die Beisetzung müsste allerdings bald entschieden werden. Und da Ezra keine nähere Familie mehr besitzt, müsste das jemand anderes tun."

"Krystalis?"

"Oder Sie, Herr Escher."

Ich trank die Tasse aus und schaute aus dem Fenster. Das Schneetreiben war wieder dichter geworden.

"Können Sie mir seine Wohnung freischalten?"

XIV

In Ezras Wohnung war es kühl; bedeutend kühler als auf dem Rest des Campus. Vermutlich schaltete die Klimaanlage um, sobald eine Wohnung nicht mehr bewohnt war, dachte ich. Aber wer weiß, vielleicht mochte es Ezra neuerdings auch so. Als ich das Wohnzimmer betrat, ging langsam ein violettes Licht an, was den Raum noch kühler machte. Ich sah mich um: In die Wände waren Bücherregale eingelassen und alle waren prall gefüllt. Dort wo keine eingelassen waren, hingen Instrumente sowie gerahmte Fotographien, auf denen Musiker zu sehen waren, mit denen Ezra zusammengearbeitet hatte. Gegenüber der Couch, stand ein alter Plattenspieler. Links und rechts vom Plattenspieler reihten sich die mehreren hundert Platten. In den Ecken des Raums stapelten sich weitere Bücher, sowie Notizbücher und Noten. Hier hatte Ezra also die letzten Jahre über gelebt.

Ich zündete mir eine Zigarette an und ging weiter. Neben der Wohnküche gab es ein Schlafzimmer, das ungefähr fast so groß wie unsere erste gemeinsame Wohnung in Moabit war; ein Badezimmer mit einer Dusche und einer Badewanne in der Mitte des Raums (hatte sich Ezra etwa hier…?); sowie eine zusätzliche Toilette. Ich ging den dunklen Flur, an dessen Wänden weitere gerahmte Fotografien hingen, bis zum Ende durch und öffnete die Tür zum Studio. Als ich den Regieraum betrat, kam mir ein leichter zimtartiger Geruch entgegen. Vor dem Fenster, durch das man den Aufnahmeraum sehen konnte, war ein modifiziertes Neve-Mischpult aufgebaut; Monitorboxen hingen an allen Wänden des Raums; akustische

Instrumente (zwei Gitarren, ein Saxophon, ein Cello, zwei Snare-Drums) standen herum. Vor dem Mischpult befanden sich zwei Schalensessel und an der linken Wand stand eine Eckcouch, auf der sicherlich sechs Personen Platz fanden. Vor der Couch stand ein quadratischer Tisch, auf dem Stapel von losen Papier sowie weitere Notizbücher lagen.

Ich ging zum Mischpult, und als ich es berührte, sprang die Stromversorgung an. Der Raum wurde hell und das Fenster über dem Mischpult verlor seine Tönung. Im Aufnahmeraum waren zwei Schlagzeuge aufgebaut und überall im Raum standen unzählige Instrumente und Verstärker herum. In der hinteren rechten Ecke befand sich eine Gesangskabine und in der linken ein Kasten, der wie ein Kühlschrank aussah.

Ich setzte mich in einen der Sessel und berührte den Bildschirm neben dem Mischpult. Eine Liste von Projekten erschien, die sich alle in einem Ordner namens *Ich kehrte zum Ursprung zurück* (dabei musste es sich um den Titel der Krystalis-Sinfonie handeln) befanden. Ich wählte das Projekt aus, an dem zuletzt gearbeitet wurde. Datiert war es auf den 16. September, einen Titel hatte es nicht. Ich drückte auf Play. Die Regler des Mischpults bewegten sich und ein leises Rauschen war zu hören. Ich lehnte mich im Sessel zurück und schloss die Augen. Eine Trompete setzte ein, nach wenigen Takten eine zweite. Ein verzerrter Bass kam hinzu. Dann plötzlich mehrerer Snare-Drums und ein Piano. Im Hintergrund war ein männliche Stimme zu hören, die redete, aber die Worte waren undeutlich. Auch konnte ich nicht sagen, in welcher Sprache der Mann redete. Dann kam eine weibliche Stimme dazu. Auch bei ihr verstand ich kein Wort. Gelegentlich trafen sich die Stimmen und beide sprachen die gleichen Silben aus, dann verloren sie sich wieder. Ein Streichquartett setzte ein, das den Stimmen folgte. Das Stück wurde langsam schneller und dabei immer kakophonischer. Die einzelnen Instrumente verloren sich und dann, nach ungefähr sechs Minuten, hörten sie mit einem Schlag gänzlich auf zu spielen und nur noch die Stimmen blieben zurück. Erst jetzt bemerkte ich, dass die männliche Stimme die ersten Silben eines Wortes sprach und die weibliche die letzten. Beide sprachen auf Deutsch. Nach und nach waren

Sätze zu erkennen: *Im goldenen Raum, für das goldene Tier. Im Eis vergraben, singen wir.* Diese Sätze wurde wiederholt, dabei wechselten sich die Stimmen mit den Silben ab. Zum Schluss sagten beide die Sätze gemeinsam und das Stück war nach knapp neun Minuten zu Ende.

Ich öffnete meine Augen und realisierte wieder, warum Ezra auf Krystalis war: Das Arrangement, der Klang, die Ideen! Alles war rund und komplett. Bis ins letzte Detail durchdacht und perfekt ausgeführt. Wie er auf die Idee kam, dass *ich* seine Arbeit an der Sinfonie abschließen konnte, war mir schleierhaft. Und überhaupt: Was gab es noch zu tun? Sollte ich nur die einzelnen Aufnahmen in die richtige Reihenfolge bringen? Sollte ich noch Musiker aufnehmen? Sollte ich selbst noch etwas schreiben und hinzufügen? Wo sollte ich anfangen?

Dann fiel mir die Schatulle ein. Wenn Ezra Anweisungen für mich hinterlassen hat, dann sicherlich in ihr. Ich drehte mich im Stuhl und sah mich im Raum nach der Schatulle um. Nichts. Ich stand auf und ging zurück in die Wohnküche. Ich schaute in den Bücherregalen, auf und unter den Tischen, in den zwei Schränken. Auch hier konnte ich keine Schatulle sehen. Im Schlafzimmer öffnete ich seinen Kleiderschrank und die Kommode gegenüber dem Bett. Ebenfalls nichts. Vielleicht wurde sie bereits in mein Zimmer gebracht, dachte ich. Vielleicht.

Ich ging zurück in die Küche und nahm mir eine Flasche Bier aus dem Kühlschrank. Obwohl Ezra nun schon einige Tage nicht mehr am Leben war, war der Kühlschrank noch bis obenhin gefüllt.

Zurück im Studio wählte ich auf dem Bildschirm das nächste Stück in der Liste aus. Dieses war ebenfalls vom 16. September und hatte ebenfalls keinen Titel. Es begann mit drei Klarinetten, welche Blues-Figuren spielten. Ich hörte dem Stück zu und sah dabei mit leerem Blick in den Aufnahmeraum. Irgendwann kam eine Hi-Hat aus dem Hintergrund nach vorn. Diese wurde lauter und lauter bis sie ganz in den Vordergrund des Stücks gemischt war. Die Hi-Hat spielte im 7/8-Takt und verdrängte die anderen Instrumente, die im 3/4 spielten, gänzlich. Dann setzte eine Orgel und eine elektronische Bassdrum ein. Die Melodien kamen wieder zusammen. In dem Moment, als die beiden sich trafen, und gemeinsam zu einem 4/4-Takt wurden, sah ich sie auf der anderen Fensterseite: Die Schatulle lag auf dem Sitz eines der Schlagzeuge. Ich stand auf und ging hinüber in den Aufnahmeraum. Auch hier roch es süßlich, sogar mehr noch als im Hauptraum, und es war nochmals deutlich kühler. Ich ging zum Schlagzeug und nahm die Schatulle. Sie hatte die Form eines Würfels und war ungefähr zwanzig mal zwanzig mal zwanzig Zentimeter groß. Sie war schwer und kalt und ihre Oberfläche war ganz glatt und schwarz. Aus was für einem Material die Schatulle gemacht war, konnte ich nicht sagen. Ich nahm sie mit in den Regieraum, schloss die Tür hinter mir und platzierte die Schatulle auf dem Tisch inmitten des Raums. Ich schaute sie mir von allen Seiten an, suchte nach einem Knopf oder einem Schloss, konnte aber nichts finden. Einzig ein schmaler Streifen in der Mitte gab zu erkennen, dass sie sich überhaupt öffnen *ließ*. Ich versuchte die eine Hälfte der Schatulle von der anderen durch Drehen zu lösen, aber es funktionierte nicht. Dann holte ich meine ID aus der Hosentasche und spielte damit an der Schatulle herum, aber auch das brachte nichts. Irgendwie musste sie sich öffnen lassen, nur wie?

Ich rief den Service an. Nachdem ich ihnen mein Problem mit der Schatulle geschildert hatte, schickten sie einen Mitarbeiter vorbei. Dieser war in meinem Alter, vielleicht etwas jünger, und komplett in Weiß gekleidet.

"Ich seh schon: Ezra hat eine Everbox von Dominik verwendet."

"Dominik?"

"Dominik Dukas. Der Designer. Er lebte letztes Jahr für ein paar Monate auf Krystalis. Diese Box hier wurde von ihm entwickelt."

"Und wie… wie öffne ich sie?"

"Sind Sie sicher, dass die Box für Sie bestimmt ist?"

"Ja, ich denke schon."

"Nun, eine Everbox reagiert nur auf einen bestimmten Schlüssel. Dieser kann allerdings alles sein: Von einem gepfiffenen Ton, über Fingerabdrücke, bis hin zu… einer Münze, die man auf die Oberfläche der Everbox legt. Was weiß ich!"

"Okay… verstehe."

"Am besten, Sie schauen sich noch einmal hier in der Wohnung um. Sollten Sie nichts finden, dann würde ich überlegen, was sie mit Ezra verbindet. Kannten Sie Ezra gut?"

"Vor ein paar Jahren hätte ich Ja gesagt. Heute bin ich mir nicht mehr so sicher."

"Naja, ich wünsche Ihnen auf jeden Fall viel Glück! Bei der Öffnung kann ich sonst leider auch nicht weiterhelfen. Die Dinger halten gut was aus. Sicher: Sie könnten einen Zug drüber fahren lassen, aber ob der Inhalt dann noch zu was zu gebrauchen ist…"

"Trotzdem danke."

"Kein Problem. Ihnen noch einen guten Aufenthalt!"

Der Mitarbeiter ging wieder zur Wohnungstür. Nachdem er die Tür geöffnet hatte, drehte er sich allerdings noch ein letztes Mal um und sagte: "Ach und Herr Escher…"

"Ja?"

"Mein Beileid!"

Ich nickte.

Nachdem der Mitarbeiter die Tür hinter sich geschlossen hatte, ging ich zum Küchentresen und suchte in meiner Jacke nach den Zigaretten, konnte sie aber nicht finden. Ich fand allerdings etwas anderes: Ezras Brief.

XV

Am Nachmittag meines 23. Geburtstag gingen Ezra und ich gemeinsam durch den Tiergarten. Wir hatten die Nacht im Studio und dann in einem Club verbracht, und als wir gegen 13 Uhr den Club verließen, hielten wir es für eine gute Idee, zu Fuß von Kreuzberg zu unserer neuen Wohnung im Wedding zu gehen. Wir waren gerade von Ezras dritter Solo-Tour zurück und eigentlich nicht in Feierstimmung gewesen, aber Mathilda hatte uns ein paar Wochen nicht gesehen und darauf bestanden. Es regnete, und außer uns waren nur ein paar Jogger im Park unterwegs.

"Mir ist übel", sagte ich, während ich versuchte, meine Augen aufzubehalten. Mein Blick war verschwommen.

"Ja, mir auch", erwiderte Ezra. "Ich glaub, ich muss kotzen."

Meine Hände waren tief in den Jackentaschen vergraben und trotzdem waren sie eiskalt. Ich wollte eine Zigarette rauchen, konnte aber meine Arme nicht bewegen. Ich war mir sicher, wir hatten ein paar schlechte Pillen bekommen.

"Die eine, die Mathilda angegraben hat, sah mega zerstört aus."

"Die sahen alle mega zerstört aus", erwiderte Ezra. "Wir wahrscheinlich am meisten."

"Jetzt auf jeden Fall. "

"Du hör mal: Ich muss dir noch was erzählen…"

"Erzählen…", sprach ich ihm nach, ohne darüber nachzudenken, was er gesagt hatte.

"Hast du gehört?"

Meine Augen waren wieder zugefallen.

"Ja… Ich mein: Was denn?"

"Ich muss dir noch was erzählen."

"Ja?"

"Die vom Krystalis haben sich nochmal gemeldet."

"Ach?"

"Ja."

"Cool. Und? Bist du endlich auf der Anwärterliste?"

"Nein."

"Immer noch nicht? Das sind solche Spinner, echt! Wenn jemand auf die Liste gehört, dann du. Neulich hab ich gelesen, dass sogar diese Malerin aus Kanada… wie heißt sie noch gleich? Mel… Mel… irgendwas dämliches. Melantonina oder so. Auf jeden Fall: Selbst *die* ist jetzt auf der Liste!"

"Naja, ich…"

"Aber mach dir nichts draus! Irgendwann kommst du schon drauf. Es ist nur eine Frage der Zeit."

"Hör mal…"

"Irgendwann passiert's schon. Trust me!"

"Ich werde nicht auf die Anwärterliste kommen, weil Krystalis mich direkt angeworben hat."

Ich blieb stehen und drehte mich zu Ezra um. Plötzlich war mein Blick wieder ganz klar.

"Bitte *was*?"

"Ja! Vor der Show in München kamen zwei Vertreter im Backstage vorbei. Die meinten, sie hätten mich jetzt lange genug beobachtet und würden mir einen Platz anbieten. Du warst gerade beim Aufbauen und ich…"

"Und was ist mit der Liste?"

"Anscheinend ist die Liste nur für B-Kanditaten. Kein Plan."

Ich wusste nicht, was ich sagen sollte.

"Ich wollte es dir schon früher erzählen, aber irgendwie war der Moment nie der richtige…"

"Wow."

"Voll."

"Und jetzt? Wie geht es jetzt weiter?"

"Ich darf in drei Monaten rein."

"*In drei Monaten?* Und was ist mit der Tour im Winter?"

"Ich… Sorry, aber ich muss schauen, ob ich das hinbekomme."

Der Regen nahm zu.

"Hör mal: Die wollen, dass ich dort an der Sinfonie arbeite. Die Leitung hat mir sogar versichert, dass alle Musiker, die bereits auf Krystalis sind, mich unterstützen werden. Diese Chance bekommt man nur einmal. Vielleicht können wir die Tour ja auf den Sommer verschieben. Ich denk nicht, dass ich allzu lange auf Krystalis bleiben werde. Ein Jahr vielleicht. Höchstens!"

"Es ist deine Tour. Du entscheidest, was gemacht wird. Aber… wow."

"Ja, ich hab's auch noch nicht realisiert. Ich mein: Ich? Auf Krystalis? Ich hab da doch gar nichts verloren!"

Wir beiden wussten, dass das nicht stimmte. Aber was sollte er auch sagen?

"Und… und wie geht es jetzt weiter?"

"Naja, ich treff mich am Dienstag auf ein Gespräch mit der Leiterin der New Talents-Abteilung und hör mir mal an, was sie zu erzählen hat."

"Im Schloss?"

"Ja."

"Geil."

"Am Ende find ich den Campus so beschissen, dass ich gleich wieder verschwinde."

"Das glaub ich nicht."

"Wer weiß…"

"Und was ist mit Mathilda? Weiß sie schon Bescheid?"

"Nein."

Wir gingen weiter. Der Sommer war zu Ende. Die Bäume gelb, die ersten bereits kahl.

"Naja, ein was Gutes hat es: Endlich können wir uns nen Mitbewohner suchen, der auch mal richtig abspült. Du bist so ein Verlierer, was das angeht."

Ezra musste lachen. Vermutlich aber mehr aus Erleichterung, dass er mir endlich von seinen Zukunftsplänen erzählt hatte, als über meinen "Scherz".

"True. Aber mach dir wegen der Wohnung keine Sorgen. Ich zahl die auf jeden Fall weiter für euch."

"Cool."

"Klaro."

"Können wir dich eigentlich mal besuchen kommen?"

"Auf jeden Fall! Man hört zwar immer, dass die Regeln streng sind, aber ich kann mir nicht vorstellen, dass man *gar* keine Gäste empfangen kann. Dort sind ja auch andauernd irgendwelche Empfänge. Außerdem will ich dich natürlich auch in die Arbeit an der Sinfonie einbinden. Aber dafür muss ich damit erst einmal anfangen…"

"Cool."

Um 15 Uhr kamen wir am Hansaplatz an. Der Regen war immer stärker geworden, aber ich nahm ihn nicht mehr war - wir waren sowieso schon komplett durch.

"Hör mal…", sagte ich.

"Ja?"

"Ich freu mich für dich."

"Danke."

"Nein, wirklich. Das ist eine super Chance. Wir wussten alle, dass du früher oder später eingeladen werden würdest. Mathilda und ich hatten sogar mal ne Wette dazu laufen."

"Echt?", Ezra musste laut lachen. "Ihr seid solche Clowns!"

"Du bist ein Clown!"

Wir liefen noch den ganzen Weg bis zu unserer Wohnung. Als wir ankamen, legte ich mich sofort ins Bett. Schlafen konnte ich nicht.

XVI.

Als ich den Campus verließ, war es bereits spät am Abend. Das Grundstück war mehr als ausreichend beleuchtet, aber je weiter man sich vom Schloss entfernte, umso dunkler wurde es. Diverse Pfade führten zu den Toren, zu den Seen und den Wäldern. Ich folgte einem kleineren in den Wald. Kein Stern war am Himmel zu sehen.

Ein Mädchen, kaum älter als 15, kam mir entgegen. Sie hatte eine Telecaster umgeschnallt und trug eine Tasche, in der sich ein kleiner Verstärker befand war. Sie spielte langsam stark verzerrte und offene Akkorde. Gelegentlich stoppte sie die Saiten, was einen seltsamen, wackeligen Beat erzeugte. Sie hatte ihre Augen geschlossen und bemerkte mich nicht. Ich stellte mich an den Rand des Pfades und ließ sie an mir vorbeigehen. Kurz sah ich ihr hinterher, dann ging auch ich weiter.

Ein leichter Wind wehte und gelegentlich hörte ich eine Drohne über mich hinweg fliegen, aber ansonsten nur das Spiel des Mädchens. Je tiefer ich in den Wald hinein ging, umso mehr hallte die Gitarre nach. Das Echo überschlug sich und wurde zu einem Rauschen, welches sich unwirklich über die Bäume legte.

Nach einer Viertelstunde kam ich bei einer Lichtung an, die mir seltsam vertraut vorkam. In der Mitte der Lichtung stand eine orange glühende Bank. Während um die Bank herum Schnee lag, war die Bank selbst trocken und warm. Ich setzte mich, sah in den Himmel und beobachtete die Wolken, wie sie über das Land gen Westen zogen. In der Ferne konnte ich einen Hubschrauber hören; vielleicht landete gerade ein wichtiger Gast, vielleicht flogen die

Zwillinge in die Stadt, vielleicht handelte es sich aber auch nur um eine Vorratslieferung.

Ich holte den Umschlag aus der Innentasche meiner Jacke und betrachtete ihn für eine Weile. Kurz versuchte ich mir einzureden, dass es zu dunkel sei, ihn hier draußen zu lesen, aber ich wusste, dass das nicht stimmte. Meine Augen hatten sich an die Dunkelheit gewöhnt, ich hatte einfach nur Angst. Ich öffnete den Umschlag und holte den Brief heraus. Keine Zweifel: Es handelte sich um Ezras Handschrift. Ich atmete tief aus, dann begann ich zu lesen.

Mein liebster Freund,

kannst du dich an den ersten Song erinnern, den wir gemeinsam geschrieben haben? Wir waren 15 und der Sommer war vorüber. Das Schuljahr war bereits in vollem Gange, aber an diesem Tag gingen wir nicht hin (warum auch?). Wir trafen uns um 10 Uhr am Skatepark und fuhren ein paar Runden. Danach gingen wir in den Discounter und kauften uns American Cookies, die wir auf der Halfpipe aßen, während uns die schwache Sonne das Gesicht wärmte. Es war frisch und wir trugen nur T-Shirts. Irgendwann kam Kevin und brachte was zum Rauchen mit. Wir setzten uns hinter die Half-Pipe, damit die Polizei uns nicht sehen konnte, sollte sie vorbeifahren (was sie natürlich nie tat), und teilten uns einen Hut. Wir waren sofort high. Als die Schule vorbei war, kamen die anderen dazu: Richie, Damien, Marcel. Sie fragten uns, wo wir waren und wir fingen an zu lachen. Damien disste uns. Ich stand auf und schlug ihn mit der Faust auf den Oberarm, woraufhin er ebenfalls aufstand und mich schubste (ich weiß noch, dass seine Unterlippe dabei zitterte). Ich schubste ihn zurück und er fiel mit den Rücken auf sein Skateboard. Dieses rutschte weg und er schlug mit dem Kopf auf den Beton. Er blutete nicht, aber ihm war schwindelig. Ich entschuldigte mich und bot ihm etwas von unserem Gras an.

Wir skateten bis die Sonne unterging und gegen 18 Uhr legten wir alle unser Geld zusammen und kauften uns einen Kasten Bier. Da wir auf dem Skatepark nicht trinken durften, gingen wir zur Laderampe des Discounters. Seltsamerweise war dort nie jemand (wann wurde dort eigentlich be- und entladen?). Wir tranken die Biere und irgend-

wann war der Kasten alle und wir waren betrunken. Als es zu kalt wurde, gingen wir durch die Dunkelheit über die Apfelplantagen zu mir. Es roch säuerlich, denn es war Erntezeit. Wir mussten vorsichtig sein, dass wir auf den matschigen Äpfeln nicht ausrutschten. In meinem Haus brannte kein Licht.

In meinem Zimmer spielte ich dir meinen letzten Song vor. Den ersten, den ich auf einer Gitarre geschrieben hatte. Ich war unzufrieden damit. Es war ein einfacher Folk-Song, bestehend aus drei Akkorden (C, G, F). Der Song hatte drei Strophen und einen Refrain, welcher vier Mal wiederholt wurde. Du fandest ihn gut, aber meintest, dass ihm noch etwas fehle, also nahmst du die Gitarre und fingst an, darauf herumzuspielen. Du empfahlst nach dem zweiten Refrain eine Bridge einzubauen, die mit A-Moll begann, und hattest auch sofort eine passende Gesangharmonie parat. Die ganze Nacht über nahmen wir die neue Version auf (Gitarre, Percussion, Bass aus dem Synthesizer, Gesang) und am frühen Morgen war der Song perfekt. Im folgenden Jahr hörten wir ihn gelegentlich an, aber irgendwann landete er auf einer Festplatte und verschwand. Alles ging so schnell damals und wir sollten noch viele andere Songs schreiben.

Ich weiß nicht, ob du dich an diesen Tag erinnerst. Aber ich war nie glücklicher als in dieser Nacht. Alles war möglich und unsere Gedanken waren klar. Jetzt ist alles verschwommen und ungewiss, und der Geist beladen mit schlechten Erfahrungen und Vorwürfen und Leben.

Vor ein paar Wochen habe ich die Medikamente abgesetzt. Ich dachte, das würde endlich den Durchbruch bei der Arbeit bringen, aber das tat es nicht. Es brachte mich allerdings zu einer anderen Einsicht: Vor vier Jahren bin ich nach Krystalis gekommen, weil ich dachte, hier endlich das leisten zu können, zu was ich in der normalen Welt nicht imstande war; ich dachte, dass ich hier meine beste Arbeit abliefern könnte. Ich habe lange gebraucht, um zu realisieren, dass ich diese Voraussetzungen bereits hatte: Du warst diese Voraussetzung! Meine beste Arbeit habe ich immer mit dir abgeliefert.

Was mich besonders schmerzt ist, dass ich unser Leben aufgegeben habe und meine Arbeit dennoch nicht abschließen konnte: die Sinfonie mit dem Namen Ich kehrte zum Ursprung zurück ist unvollendet. Was jetzt damit passiert, überlasse ich dir. Vernichte alles oder veröffentliche es. Ich kann schon lange nicht mehr einschätzen, was funktioniert und was nicht. Die Idee im Kopf hat die Realität verdrängt (habe ich je etwas geschrieben oder aufgenommen? Oder war alles immer nur eine Idee? Ich weiß es nicht mehr...).

Ich habe der Krystalis-Führung mitgeteilt, dass ich dir alle meine Ressourcen übertrage sowie die Vollmacht erteile, die Sinfonie in meinem Namen abschließen zu dürfen. Sehe das aber keineswegs als Verpflichtung, sondern einzig als Option (ich kann verstehen, wenn du nichts damit zu tun haben willst!). Außerdem habe ich dir noch eine Everbox hinterlassen. Der Schlüssel hierfür sollte offensichtlich sein.

Es tut mir leid, dass ich so ein schlechter Freund war. Ich hoffe, dass du mir irgendwann verzeihen kannst. Bitte sei aber versichert, dass ich immer an dich gedacht habe.

Wir sehen uns im nächsten Leben,

Ezra

XVII

Ich las den Brief wieder und wieder. Wie lang ich im Wald war und wie ich zurück zum Schloss kam, kann ich nicht mehr sagen. Ich weiß nur noch, dass die Security-Mitarbeiter mich passieren ließen, ohne dass ich meine ID vorzeigen musste. Während ich auf den Aufzug wartete, rief ich den Service an.

"Können Sie mich bitte mit Frau Brecht verbinden?"

"Das tut mir leid, aber Frau Brecht ist bereits…", antwortete der Mitarbeiter. Dann korrigierte er sich: "Ach, warten Sie: Herr Escher, richtig?"

"Ja."

"Einen Moment. Ich stelle Sie durch."

Ambient Music spielte für ein paar Sekunden, dann nahm Baptista Brecht ab.

"Herr Escher, was kann ich für Sie tun?"

"Hi! Ich… ich wollte Ihnen nur Bescheid sagen, dass ich mich entschieden habe."

"Oh!"

Ich hörte, wie sich Frau Brecht eine Notiz machte.

"Das freut mich zu hören. Und Ihre Entscheidung lautet?"

"Ich werde versuchen, Ezras Arbeit abzuschließen."

Sie machte sich eine weitere Notiz.

"Gut."

"Ich kann aber nicht versprechen, dass es mir auch gelingt."

"Natürlich nicht. Das erwartet auch niemand. Am Ende geht es doch hauptsächlich darum, dass Ezras letzter Wunsch gewürdigt wird."

"Ja… wahrscheinlich."

"Wollen Sie bereits heute Nacht in Ezras Wohnung ziehen oder noch eine Nacht in ihrem momentanen Zimmer verbringen?"

"Ich denke, ich werde direkt in Ezras Wohnung gehen."

"Gut."

"Ich kann allerdings überhaupt nicht einschätzen, wie lange ich brauchen werde. Ist das…"

"Machen Sie sich darüber keine Gedanken. Die Wohnung steht Ihnen solang zur Verfügung, wie Sie sie brauchen."

"Okay. Danke."

"Aber wie bereits erwähnt: Solang Sie hier bei uns sind, müssen wir Sie bitten, sich an die Regeln des Hauses zu halten. Setzen Sie sich hierfür bitte mit Frau Kollwitz in Verbindung. Sie wird Ihnen die Details mitteilen. Mit ihr hatten Sie ja bereits Kontakt, richtig?"

"Ja. Gestern."

"Gut. Dann zunächst einmal vielen Dank, dass Sie uns so zeitnah Bescheid gegeben haben. Ich hatte befürchtet, dass wir länger auf Ihre Entscheidung warten müssen."

"Kein Problem."

"Sollten Sie etwas Dringendes zu besprechen haben, bitte melden Sie sich ab sofort immer erst bei Frau Kollwitz."

"Okay."

"Gut, Herr Escher. Dann wünsch ich Ihnen noch eine angenehme Nacht."

Bevor ich mich verabschieden konnte, hatte Baptista Brecht bereits aufgelegt.

Als ich bei Ezras Wohnung ankam, war die Tür leicht geöffnet. Ich klopfte an, dann drückte ich die Tür auf und ging hinein.

"Hallo?", rief ich in die Wohnküche, aber keine Antwort.

Ich schloss die Tür hinter mir und legte meinen Rucksack ab.

"Hallo?", rief ich ein zweites Mal, aber auch diesmal keine Reaktion. Wahrscheinlich hatte ich nur vergessen, die Tür zu schließen, dachte ich.

Ich nahm mir ein Bier aus dem Kühlschrank und ging hinüber ins Studio. Als ich den Regieraum betrat, ging das Licht an. Ich setzte mich auf den Sessel und berührte das Mischpult. Der Monitor schaltete sich ein und die Regler des Mischpults fuhren auf ihre letzte Position zurück. Ich schaltete die Mikrophone im Aufnahmeraum an und hörte dem Rauschen zu, das jetzt aus den Monitorboxen kam. Dann nahm ich einen Schluck vom Bier und schaute mir die Projekt-Liste an: Fast einhundert Projekte, die im Durchschnitt neun Minuten lang waren, waren auf der Festplatte gespeichert. Wenn ich nicht in einem Jahr noch auf Krystalis sein wollte, fing ich besser mit dem Durchhören an. Ich scrollte durch die Liste und entdeckte ein Stück namens *Mathilda*. Ich öffnete das Projekt und spielte es ab.

XVIII

Das erste Jahr über verbrachten Mathilda und ich die meiste Zeit miteinander. Ezra zahlte weiterhin die Wohnung, und da ich in Ezras Live-Band gespielt hatte sowie an den Einnahmen von *Woodstock I-III* beteiligt war, hatte ich genug Geld, um die nächsten zwei Jahre über die Runden zu kommen, ohne arbeiten zu müssen. Wenn ich nicht im Studio war, dann war ich mit Mathilda aus. Wir tranken zu Hause, an den Ufern, gingen in Bars, gingen in Clubs. Wir tranken oft, und meistens tat es uns nicht gut, aber wir passten aufeinander auf. Gelegentlich schliefen wir miteinander, doch danach fühlten wir uns immer seltsam. Ab und zu brachte Mathilda jemanden mit nach Hause und ich hörte wie sie mit ihnen schlief. Manchmal tat ich das auch. Einmal kam Mathilda in mein Zimmer gestürmt, als ich gerade mit einer Französin schlief, und schrie uns an. Danach fing sie an zu weinen. Als ich sie am darauffolgenden Morgen fragte, was los war, sagte sie nur: *Die Pillen.*

Im zweiten Jahr wurde alles anders. Ich arbeitete bereits bei Connies und Mathilda an ihren Reportagen. Wir sahen uns kaum, und wenn wir uns sahen, hatten wir uns oft nicht viel zu erzählen. Zusätzlich verschwand sie regelmäßig. Manchmal für ein paar Tage, manchmal für ein paar Wochen. Sie gab mir nie Bescheid und ich konnte sie auch nicht erreichen. Die ersten Male machte ich mir noch Sorgen, später nicht mehr. Wenn ich sie fragte, wo sie gewesen sei, antwortete sie mit *hier und da, unterwegs, bei Freunden,* und dass ich mir keine Sorgen machen solle. Sie hatte recht: Was ging's mich an?

Einmal im Frühling, nachdem sie fast zwei Wochen lang verschwunden war, kam sie stark angetrunken zurück, ging direkt in mein Zimmer, schmiss ihre Reisetasche auf den Boden und warf sich auf mein Bett. Sie sagte, ich solle Gläser holen, es gebe was zu feiern. Ich holte uns zwei, aber als ich zurück im Zimmer war, war Mathilda bereits eingeschlafen. Ich setzte mich auf die Couch und beobachtete sie: Mein Kopfkissen hatte sie zwischen ihre Beine geklemmt, ihre Haut war gebräunt und ihre Haare heller als sonst. Sie atmete langsam ein und noch langsamer aus. Als ich aufstand, stolperte ich über ihre Tasche. Der Reisverschluss war geöffnet. Ich bückte mich und sah, dass die halbe Tasche mit Schmuck gefüllt war; Ketten, Armbänder, Ringe; alte, neue, mit Edelsteinen verzierte. Ich konnte nicht sagen, ob es Plunder oder wertvoll war. Ich schloss die Tasche und ließ Mathilda schlafen. Als sie in der Nacht aufwachte, machte ich ihr einen Tee und fragte sie, ob alles in Ordnung sei. Sie erwiderte: *Life's a peach.* Nach dem Schmuck fragte ich sie nicht.

Kein halbes Jahr später war sie wieder einmal verschwunden. Dieses Mal tauchte ein Bild von ihr in meinem Feed auf. Sie war an der Amalfiküste mit einem älteren Mann. Der Mann musste um die 50 gewesen sein, trug seine blonden Haare nach hinten gelegt und ähnelte in gewisser Weise Adrian von Choltitz. Er hielt Mathilda im Arm und sie lehnte sich an seiner Brust an. Beide hatten große Sonnenbrillen auf, trugen türkisfarbene Polo-Shirts und lächelten. Sie standen an einen Pier und im Hintergrund war eine Yacht zu sehen. Unter dem Bild stand: *Made new friends! Capri living!* Mathilda war getagged, der Mann nicht. Die Fotografin war eine Amerikanerin, die ich nicht kannte. Als Mathilda zurück war, fragte ich sie, wie es in Italien gewesen sei und sie antwortete mit: *Super, danke der Nachfrage!* Als ich sie fragte, mit wem sie unterwegs war, sagte sie: *Colin. Ein alter Freund.*

"Du hast mir nie von einem Colin erzählt."

"Warum auch?"

"Wie alt ist denn der Typ? Der sieht aus wie 50."

"Colin ist 48."

"Seit wann hast du denn so einen alten Bekanntenkreis?"

Sie antwortete nicht und Colin wurde nie wieder erwähnt.

XIX

Nachdem ich das Stück *Mathilda* drei Mal gehört hatte, holte ich die ID aus meiner Tasche und meldete mich bei Klara Kollwitz.

"Herr Escher, was kann ich um diese Uhrzeit für Sie tun?"

Ich sah auf den Bildschirm: Es war kurz vor 4 Uhr.

"Sorry! Ich wusste nicht, dass…"

"Kein Problem. Was kann ich für Sie tun?"

"Ich weiß nicht, ob Sie schon Bescheid bekommen haben, aber…"

"Dass Sie eine Weile bei uns bleiben werden? Darüber wurde ich bereits informiert."

"Ah… okay. Nun, ich würde gern eine Mail verschicken. Bin mir aber nicht sicher, wie ich aus dem Netzwerk herauskomme."

"Wir müssen erst einen Account für Sie aufsetzen. Dieser sollte allerdings heute Abend bereits ready sein. Mit dem Account können Sie Krystalis-interne Nachrichten empfangen und versenden. Allerdings: Um Nachrichten von außerhalb abhören zu können, müssen Sie einen unsere Token benutzen. Sie bekommen pro Woche zwei Token auf ihr Konto gutgeschrieben. Pro gesendeter *sowie* gelesener Nachricht wird jeweils *ein* Token verbraucht. Für Geschäftskonten gelten gesonderte Regeln, aber ich nehme nicht an, dass Sie hier auf Krystalis ein Büro einrichten wollen."

"Ähm… nein, nicht wirklich. Aber was, wenn ich *jetzt* eine Nachricht versenden will?"

"Wenn Sie sich nicht bis heute Abend gedulden können, kann ich gern eine Mail für Sie verschicken."

"Jetzt wäre besser."

"Gern. Für wen darf ich Ihre Nachricht aufnehmen?"

"Mathilda Murnau. Ihre Email lautet…"

"Mathilda Murnau ist bereits in unserem System."

"Oh… okay."

"Was möchten Sie ihr ausrichten?"

"Muss ich es Ihnen diktieren? Kann ich nicht einfach… einen Text aufsetzen und Ihnen zukommen lassen?"

"Das können Sie natürlich auch."

"Gut dann… ach, ich diktiere es einfach. Folgendes: Liebe Mathilda, ich muss etwas für Ezra erledigen, weshalb ich noch eine Weile hier bleibe. Ich halte dich auf dem Laufenden, was die Beerdigung angeht. Melde mich die Woche noch einmal. Hoffe, dir geht es gut! Cheers!"

"Das war's?"

"Ich denke schon, ja."

"Gut. Ich schicke die Nachricht sofort ab."

"Danke."

"Kein Problem. Kann ich Ihnen sonst noch bei etwas behilflich sein?"

"Gerade nicht. Aber ich melde mich später bestimmt noch einmal bei Ihnen."

"Gern."

Nachdem ich aufgelegt hatte, öffnete ich wieder die Projekt-Liste. Ein Stück hatte ich mir angehört, 98 to go.

XX

Die folgenden fünf Tage verließ ich das Studio nicht. Ab und an
schlief ich ein paar Stunden auf der Couch, Essen ließ ich mir
bringen, den Rest der Zeit arbeitete ich. Als erstes sortierte ich die
Stücke nach Grad der Fertigstellung, was sich allerdings sofort als
schwieriger herausstellte, als zunächst angenommen. Zu jedem
Stück gab es mehrere Demos. Ich ging davon aus, dass je mehr
Spuren eine Demo besaß, umso abgeschlossener das Stück war.
Dem war nicht der Fall. Es gab Demos von Stücken mit mehr als
zweihundert Spuren, die unvollendeter wirkten als Versionen mit
nur zwanzig. Mir blieb also nichts anderes übrig, als Demo für
Demo durchzugehen und mir zu jeder Notizen zu machen. Alles in
allem hatte Ezra an dreiunddreißig verschiedenen Stücken gearbeitet. Für jedes Stück gab es zwei bis fünf verschiedene Demos; alle
in der Regel unterschiedlich instrumentiert und arrangiert, was
den Stücken nicht nur andere Klangfarben gab, sondern gänzlich
andere Stimmungen. Eine Version mit Bläsern und Chor löste
etwas anderes im Hörer aus, als eine Version, die ausschließlich mit
einem Synthesizer arrangiert war. Ich musste mir also ein System
überlegen, in dem ich die Demos nicht nur bewerten, sondern
auch zuordnen konnte, denn am Ende ging es nicht nur darum,
die einzelnen Stücke fertigzustellen, sondern diese auch zu einem
Gesamtkunstwerk zusammenzufassen. Ich hörte die Demos wieder
und wieder und wieder und wieder, bis ich verstanden hatte (oder
glaubte, verstanden zu haben), wo Ezra mit den einzelnen Stücken
hinwollte. Danach entfernte ich die Demos, von denen ich dachte,
dass diese die schlechtesten Versionen der Stücke waren, aus der

Liste. Auch dieser Schritt gestaltete sich schwieriger als gedacht. Mit meinen eigenen Demos war das kein Problem, aber selbst in der schlechtesten Arbeit von Ezra, konnte man Stellen purer Genialität erkennen. Am Ende schaffte ich es dennoch, ungefähr zehn Prozent der Demos beiseite zu legen. Nicht viel, aber immerhin. Ich wog die verschiedenen Klangbilder gegeneinander ab: Sollte die Sinfonie warm sein oder eher kalt? Sollte sie komplett von Menschen spielbar sein? In welchen Räumen soll sie aufgeführt werden? Ich schrieb all die Fragen auf ein Whiteboard, in der Hoffnung, dass mir, sollte ich die Fragen nur groß genug vor mir sehen, die Antworten schon kommen würden. Leider war das nicht der Fall. Irgendwann entschied ich mich dazu, vorerst drei verschiedene Versionen der Sinfonie zu erstellen: Eine "warme", eine "kalte", eine "neutrale". Sobald diese fertiggestellt sind, dachte ich, sehen wir weiter. Den fünften Tag über erstellte ich ausschließlich Playlisten, um zu schauen, in welcher Reihenfolge die Titel am besten funktionierten. Titel, die ganz klar zusammengehörten, hatte Ezra bereits mit römischen Ziffern nummeriert und gruppiert (z.B. *Die Höhe zu Calm I-III*). Aber in welcher Reihenfolge diese Gruppen zueinander standen, blieb mir überlassen. Am Ende der fünften Nacht, hatte ich drei verschiedene Playlisten, mit denen ich mehr oder weniger zufrieden war. Ich wollte gerade die erste Liste benennen, als ich spürte, wie mein Puls schlagartig nach unten ging. Ich stand vom Stuhl auf und ging hinüber zur Couch, aber noch bevor ich die Couch erreichen konnte, wurde mir schwarz vor Augen und ich fiel um.

XXI

"Ezra?", fragte die junge Frau, die neben mir an der Bar stand. In dem Club war es furchtbar laut und mir war heiß. Alle um uns herum tanzten, aber nicht mit der Musik, sondern viel schneller. Beim genaueren Hinhören stellte ich fest, dass es keinen Takt gab, sondern die Musik nur aus einer monotonen Drohne bestand.

"Bitte *was*?", fragte ich.

"Ezra? Bist du's?"

Ich drehte mich zu der jungen Frau, konnte aber ihr Gesicht nicht erkennen.

"*Ich?* Nein, nein - ich bin nicht Ezra."

"Oh, sorry! Ich verwechsle euch beide immer."

Ich nahm die Getränke an, ohne dafür zu zahlen. Dann drehte ich mich um und suchte Mathilda. Ich ging ins Publikum hinein und hatte Mühe, die Getränke nicht zu verschütten. Ich versuchte mich mit der Masse zu bewegen, aber es gelang mir nicht. Irgendwann sah ich Mathilda. Sie stand vorn beim DJ-Pult. Ich rief ihr zu, aber sie hörte mich nicht. Dann wurde ich plötzlich angerempelt und fiel zu Boden. Ich versuchte aufzustehen, aber es gelang mir nicht. Ich atmete ein, aber kein Sauerstoff gelang in meine Lunge. Die Drohne wurde lauter.

XXII

"Herr Escher?"

"J… ja?"

"Herr Escher, geht es Ihnen gut?"

Ich öffnete meine Augen und stellte fest, dass ich auf der Studio-Couch lag. Vor mir stand Klara Kollwitz und ein junger Mann, den ich noch nicht kannte.

"Ich… äh…"

"Wir haben seit zwölf Stunden keine Bewegung in der Wohnung registriert. Wir dachten uns, dass Sie vermutlich schlafen, wollten aber dennoch mal nach dem Rechten sehen."

"Ja, ich… ich bin vermutlich eingeschlafen."

"Wenn Sie wollen, kann ich einmal ihre Blutwerte testen", sagte der junge Mann. "Nur um zu schauen, dass Sie auch keinen Nährstoffmangel aufweisen."

Ich setzte mich auf und rieb mir die Augen.

"Nährstoffmangel?"

"Nur um sicherzugehen."

"O… okay. Wenn Sie meinen."

Der junge Mann holte ein Gerät aus seiner Jackentasche, das aussah wie eine ID, und setzte sich neben mich auf die Couch. Er nahm meine linke Hand und sagte: "Pikst nur ganz kurz."

"Kein Problem", sagte ich.

Der junge Mann tupfte mit einer Art Desinfektionstuch meine Haut ab, drückte auf einen Knopf und nahm das Gerät wieder weg. Auf meiner Haut war nur ein winziger roter Fleck zusehen.

"Das war's?", fragte ich. Erst langsam kam ich wieder zu mir.

"Das war's."

Der junge Mann stand auf und Klara Kollwitz fragte: "Sollen wir Ihnen was zum… Frühstück bestellen?"

"Ähm… schon gut. Das mach ich gleich selbst. Danke."

"Wie Sie wollen."

Der junge Mann zeigte das Gerät Klara Kollwitz. Dann sagte er: "Herr Escher, es sieht aus als leiden sie unter starkem Vitamin D- sowie Magnesium-Mangel."

"Ach?"

"Ja. Alle anderen Werte sind für einen Mann in Ihrem Alter im Normalbereich. Was allerdings nicht heißt, dass diese Werte nicht auch optimiert werden können. Wenn Sie wollen, könnte ich Ihnen ein paar Präparate…"

"Ich glaub, ich versuch erstmal nur, den Vitamin D-Haushalt und den… was war es gleich noch?"

"Magnesium."

"Den Magnesium-Haushalt wieder auf ein normales Level zu bekommen. Danke."

"Gern. Ich schick Ihnen die Präparate gleich vorbei. In ein paar Tagen sollte alles wieder normal sein."

"Danke."

"Dann wollen wir Sie nicht weiter bei der Arbeit stören", sagte Klara Kollwitz. "Ich hoffe, Sie kommen gut voran."

Ich nickte und sagte: "Ja, geht schon."

"Freut mich zu hören!"

Die beiden gingen zur Studiotür. Bevor Klara Kollwitz allerdings den Raum verließ, drehte sie sich noch einmal um und sagte: "Ach, eine Sache noch, Herr Escher…"

"Ja?"

"Heute Abend findet im Saal der Neuen Freiheit unser alljährli- cher Mitternachtsball statt."

"Mitternachtsball?"

"Ja. Eine Mischung aus Halloween und Weihnachten."

"Muss man Geschenke mitbringen?"

Klara Kollwitz schmunzelte. "Nein."

"Aber verkleiden muss man sich?"

"Ein Großteil der Bewohner wird verkleidet kommen, ja. Aber

fühlen Sie sich nicht dazu verpflichtet."

"Okay."

"Schauen Sie vorbei! Ist immer ein sehr unterhaltsamer Event."

Nachdem Klara Kollwitz und der junge Mann die Wohnung verlassen hatten, legte ich mich wieder auf die Studio-Couch und betrachtete die Poren der Decken-Ventilation. *Langsam-Schnell-Langsam-Schneller* wollte ich die Playlist nennen, bevor ich umgekippt war. Vielleicht wäre *Mitternachtsball* doch der besserer Arbeitstitel.

XXIII

"Nochmal: Du spielst 6/8-Takt und du spielst 3/4, okay? Ihr trefft euch im vierten Durchlauf", sagte Ezra zu den beiden Schlagzeugern, die er für die Session gebucht hatte. "Wenn ihr wollt, können wir euch auch getrennt aufnehmen, aber ich denke, es macht mehr Sinn, wenn ihr im selben Raum seid."

"Ich hab wirklich ein Problem damit, mich zu konzentrieren. Das Stück ist nicht unbedingt... *einfach*. Und mit einem anderen Schlagzeuger im Raum...", sagte der jüngere der beiden.

"Ich weiß, dass es nicht einfach ist. Aber ich denke, dass es wirklich besser wird, wenn ihr nebeneinander spielt."

Es war mitten in der Nacht und Ezra versuchte schon seit fast zwölf Stunden die Schlagzeugspuren aufzunehmen. Die beiden Schlagzeuger machten Fortschritte, aber nur langsam.

"Vielleicht", sagte ich, "sollten wir wirklich morgen weitermachen. Ich werd auch langsam müde."

Ezra sah aus dem Fenster und dachte nach. Nach ein paar Minuten sagte er: "Okay. Vielleicht habt ihr recht. Aber tut mir einen letzten Gefallen: Spielt bitte für fünf Minuten einfach irgendwas durcheinander, okay? So schnell und hart ihr könnt! Dann machen wir eine halbe Minute Pause und dann probieren wir das Stück ein letztes Mal. Wenn es dann immer noch nicht klappt, schieben wir die Session auf morgen. Versprochen!"

Die Schlagzeuger taten, was Ezra verlangte. Danach spielten sie fehlerfrei und die Spuren waren aufgenommen.

XXIV

Nachdem ich gegen 17 Uhr ein ausgiebiges Frühstück zu mir genommen und mich geduscht hatte, suchte ich in Ezras Kleiderschrank nach etwas Passendem zum Anziehen. Ezras Garderobe war fast ausschließlich schwarz. Ich nahm mir einen Anzug und ein T-Shirt aus dem Schrank und zog mich an. Ezra und ich hatten die gleiche Kleidergröße, seine Sachen passten. Danach suchte ich in der Wohnung nach irgendeinem Accessoire, das mir als "Verkleidung" dienen könnte, konnte aber nichts finden; keine Perücke, keine Maske, noch nicht einmal Make-up. Ich würde wohl als ich selbst gehen müssen, dachte ich, und nahm mir ein Bier aus dem Kühlschrank. Kurz überlegte ich, noch einmal die Playlisten durchzugehen, ließ es dann aber doch bleiben. Ich trank das Bier aus, nahm mir ein zweites und verließ die Wohnung.

Als ich bei den Aufzügen ankam, sah ich auf der Informationstafel nach, wo sich der Saal der Neuen Freiheit befand. Dieser war im Odeon, einem separaten Gebäude, welches über verschiedene Tunnel, Brücken und Wege mit dem Haupthaus verbunden war. Es gab mehrere Möglichkeiten, das Odeon zu erreichen. Ich entschied mich dazu, über die Dachterrassen zu gehen und bestellte den Aufzug.

"Good evening, sir!", sagte eine weibliche Stimme hinter mir und berührte mich vorsichtig am Unterarm.

Ich drehte mich um und erkannte, dass es sich um Erin handelte - die junge Frau, die ich ein paar Tage zuvor beim Frühstück kennengelernt hatte. Sie war in Begleitung eines jungen Mannes. Beide trugen helle Anzüge und ihre dunklen, kurzen Haare zur Seite gelegt.

"Still visiting?"

"Well…", begann ich, wurde aber sofort von ihr unterbrochen.

"Oh sorry! How impolite of me. This dashing young man here is Étienne!"

Der junge Mann reichte mir seine Hand und sagte: "Freut mich!"

"Mich ebenfalls", erwiderte ich. "Ich glaube, Ben hat dich erwähnt, als ich vor ein paar Tagen mit den beiden frühstückte."

Der junge Mann sah überrascht zu Erin, dann wieder zu mir.

"Ich hoffe, er hat nur Gutes über mich erzählt!"

Er lächelte und ließ meine Hand wieder los.

"Und du bist also der Freund von Ezra", fuhr er fort.

"Ja… ja. Korrekt."

"Ich bin großer Fan!"

"Von Ezras Arbeit?"

"Von der Arbeit *und* der Person."

"Maybe even the biggest", sagte Erin und zwinkerte mir zu.

"Top 10 mit Sicherheit. Cool, dass du dich entschlossen hast, seine Arbeit zu vollenden."

"Das hat sich ja schnell herumgesprochen."

"Krystalis ist… speziell. In jedem Fall ist es eine kleine Welt. Es kommen zwar nicht viele Informationen nach draußen, aber hier drinnen bleibt nichts lange ein Geheimnis."

"Verstehe. Bin mir nicht sicher, ob das etwas Gutes ist, aber…"

"Gut oder schlecht - mit diesen Begriffen kommt man hier drin nicht weit."

Ich nickte.

"Aber da kommst du schon noch dahinter. Wie lange bist du jetzt schon hier?"

"Ähm… welcher Tag ist heute?"

"Freitag."

"Dann bereits eine Woche."

"Und? Gefällt's dir? Kannst ehrlich sein."

"Ehrlich gesagt, hab ich die meiste Zeit gearbeitet."

"Hat sich Ezra also den richtigen ausgesucht."

"Naja, mal schauen…"

"Mein Beileid übrigens!"

"Danke."

Ich nahm einen Schluck vom Bier und hatte große Lust, mir eine Zigarette anzuzünden, war mir aber sicher, dass das Rauchen auf den Gängen untersagt war.

"Und was machst du hier?", fragte ich aus Höflichkeit.

"Ich? Ich betreib Erinnerungsmanipulation. Hauptsächlich geht's darum, Traumata zu heilen. PTSD und so."

"Erinnerungsmanipulation?"

"Ja. Wir nehmen die Erinnerungen eines Probanden und manipulieren Details, was die Erinnerung zum Positiven verändert. Der ganze Prozess ist ziemlich interdisziplinär; ein Mix aus Biotechnik, Chemie sowie klassischer Psychotherapie. Und keine Frage: hochexperimentell. Aber natürlich stehen bereits die ersten Interessenten Schlange; Geheimdienste, Militär, Private Security - you name it. Ich kann dir bei Gelegenheit mal ne Einführung geben. Komm einfach in meinem Labor vorbei. Research Floor, Raum B-7."

"B-7. Okay, ich werd's mir merken."

"Hey! Sorry to interrupt you lovebirds, but shall we?", fragte Erin und zeigte auf die offene Aufzugstür.

"Ja, let's go. Du gehst doch auch zum Mitternachtsball, oder?"

"Hatte ich vor."

"Einer der besten Events des Jahres, wenn du mich fragst."

"Na dann…"

Wir stiegen ein und fuhren bis ganz nach oben zur Dachterrasse A. Von dort aus führten mich die beiden zu einer Rolltreppe, die vom Haupthaus hinunter ins Odeon führte. Die Rolltreppe befand sich in einer gläsernen Röhre, und wenn man am Geländer nach unten sah, konnte man dutzende Meter unter der Röhre einen See erkennen. Mir wurde schwindelig und meine Hände wurden feucht.

"Nichts für schwache Nerven", sagte dieser Étienne und klopfte mir auf die Schulter. Ich dachte eigentlich, dass ich mir nichts hatte anmerken lassen.

"Nee, wirklich nicht."

"Aber dafür hat man ne gute Aussicht. Irgendeinen Preis muss man im Leben immer zahlen", sagte er und wandte sich Erin zu. "Nicht wahr, dear?"

Erin schüttelte irritiert den Kopf.

Vor dem Eingang zum Odeon stauten sich die Gäste. Die meisten trugen Masken, manche hatten Geschenke in der Hand.

"Shit! Scheint, als hätten wir die Rush Hour erwischt. Ich hab doch gesagt, wir hätten ne Stunde später gehen sollen", sagte Étienne.

"Well, I'm not going back now", sagte Erin.

"Um Gottes Willen! *Tabbing?*"

"Good idea."

Étienne führte uns beide über einen Nebengang in ein Seitenhaus des Odeons, welches an ein altes Kaffeehaus erinnerte. Außer uns befand sich nur ein weiteres Pärchen in dem Raum. Wir setzten uns auf eine Couch beim Fenster.

"Bestellst du uns was zu trinken, Erin? Ich mach derweil die Tabs bereit."

"Sure."

Im selben Moment holte Étienne eine kleine violette Schachtel, auf der das Krystalis-Logo eingestanzt war, aus der Innentasche seines Sakkos und legte diese vor uns auf den Tisch.

"*Tabs?*", fragte ich nach und holte meine Zigaretten aus der Hose.

"Ganz recht."

Étienne öffnete die Schachtel. In ihr befanden sich kleine, eingeschweißte Blättchen, die an Brausetabletten erinnerten; eine Pipette, in der sich bereits eine violette Flüssigkeit befand; sowie eine kleine Schale. Er nahm die Schale heraus und stellte sie neben die Schachtel. Dann nahm er ein Blättchen, öffnete dieses und ließ die kleine, durchsichtige Pille, die sich darin befand, in die Schale fallen.

"Zusammen oder allein?", fragte Étienne Erin.

"Together. Always."

"Stimmt."

Er nahm noch zwei weitere Blättchen und ließ zwei weitere Pillen in die Schale fallen. Dann nahm er die Pipette und tropfte etwas von der Flüssigkeit in die Schale. Sofort reagierten die Pillen mit der Flüssigkeit und lösten sich auf. Eine dicke dunkelviolette Flüssigkeit entstand. Étienne nahm die Schale in die Hand und roch daran.

"Ah! Der Geruch der Glückseligkeit!", sagte er.

"Darf ich fragen, was du da hast?"

"Naja, nen wirklichen Namen hat es noch nicht. Wir nennen es alle nur den Traumfänger. Die Droge der Wahl auf Krystalis. Kommt aus einem unserer Labore."

"Verstehe. Und wie nimmt man's?"

"Diese Version hier über den Magen. Andere Schleimhäute gehen auch, aber dann knallt es, nun ja, mehr als ordentlich. Würde ich dir nicht empfehlen. Schon gar nicht beim ersten Mal! Und schon gar nicht so früh am Abend."

Étienne hob die Schale hoch und reichte sie mir.

"Jeder einen Schluck."

Ich nahm ihm die Schale ab und setzte an. Die Flüssigkeit war bitter und süß zugleich. Hätte ich sie auf der Rolltreppe zu mir genommen, hätte ich mich mit Sicherheit übergeben müssen. Ich wischte mir die Lippen ab und reichte die Schale weiter an Erin. Nachdem auch sie einen Schluck genommen hatte, trank Étienne den Rest.

"So. Jetzt heißt es zurücklehnen und fünf Minuten Stille genießen, bevor es richtig losballert."

"In fünf Minuten wirkt es schon? Über den Magen?", fragte ich nach.

"Gute Beschleunigung, gute Höchstgeschwindigkeit, gute Ausdauer."

Ich musste kurz lachen. Dann lehnte ich mich auf der Couch zurück. In dem Moment kam ein automatisierter Wagen mit drei Flaschen Bier an. Wir nahmen uns jeder eine und stießen an.

"Freut mich, dich kennengelernt zu haben!", sagte Étienne.

"Ebenfalls!"

Ich bot den beiden eine Zigarette an, aber sie lehnten ab, also zündete ich nur mir eine an. Zum ersten Mal seit langem schmeckte mir eine Zigarette wieder *richtig* gut. Auch das Bier schmeckte seltsamerweise viel besser als noch in Ezras Wohnung.

"Was glaubst du, wie lang du für die Sinfonie brauchst?"

"Kann ich noch nicht einschätzen. Vielleicht ein paar Wochen, vielleicht ein paar Monate, vielleicht auch noch länger."

Vielleicht auch noch länger, wiederholte ich im Kopf. Meine Beine wurden warm und ich hatte Lust, mich zu bewegen. Ich war auf Krystalis verdammt nochmal! Ezra war tot, aber das bedeutete nicht, dass ich nicht das Beste aus der Situation machen konnte. Warum sollte nicht auch ich meinen Spaß haben? Ich fing an zu lachen und hob mein Bier zum erneuten Anstoßen.

"Wie in den guten alten Zeiten, nicht wahr?", sagte Étienne. "Ich weiß es noch wie heute, als Ezra zum ersten Mal mit seiner gebrochenen Hand vor mir stand und nach einer Zigarette fragte."

Ich sah ihn verwundert an, aber bevor ich nachhaken konnte, fragte ich mich, ob er das gerade überhaupt gesagt hatte oder ob ich es mir einfach nur eingebildet hatte (nahm die Schwerkraft zu?). Das letzte, was ich wollte, war wie jemand dazustehen, der die Droge nicht vertrug. Aber warum eigentlich? Die Menschen hier waren mir egal. Eigentlich war mir alles egal, bis auf die Arbeit an der Sinfonie. Und eigentlich, dachte ich, ist mir auch die Arbeit an der Sinfonie… und in diesem Moment merkte ich, dass die Droge nicht nur ein bisschen wirkte, sondern sogar sehr (die Schwerkraft nahm in jedem Fall zu!).

"Wow!", sagte ich. "Die fünf Minuten sind anscheinend schon rum."

"*Bam!*", erwiderte Étienne.

Wir tranken jeder noch zwei Bier, dann machten wir uns auf den Weg zurück zum Saal der Neuen Freiheit. Den ganzen Weg über fragte mich Étienne über das Leben außerhalb von Krystalis aus. Er sei schon so lange hier, sagte er, dass er sich kaum noch an die Welt *da draußen* erinnern könne. Aber auch ich hatte plötzlich Schwierigkeiten, mein eigentliches Leben zu visualisieren. Dafür hatte ich das unbedingte Bedürfnis, so schnell und so laut wie nur irgendwie möglich zu reden.

"Wird es nicht irgendwann… irgendwann langweilig hier?", fragte ich, während wir vor der Eingangstür warteten.

"Langweilig? *Auf Krystalis?* Wir reisen hier in der Zeit, mein Lieber!", erwiderte Étienne, ohne darüber nachdenken zu müssen. "Was hier auf Krystalis passiert, passiert außerhalb *frühestens* in fünfzig Jahren. In manchen Regionen der Erde noch später, vielleicht nie! Obwohl mir Adrian gelegentlich ein wenig unheimlich ist, kann ich nicht leugnen, dass er mit Krystalis ganze Arbeit geleistet hat. Das hier ist das Paradies!"

Ich spürte weder meine Arme noch meine Beine, und fühlte mich ganz leicht. Ganz gleich, ob er mit seiner Aussage recht hatte oder nicht, durch die Wirkung der Droge war ich gern bereit, ihm zu glauben.

"Cool", sagte ich.

"Cool was?"

"Krystalis."

"Das kannst du laut sagen!"

Dann standen wir plötzlich im Odeon. Die Musik war laut, das Licht flimmerte, überall um uns herum tanzten die Menschen. Fast alle trugen Masken, manche kaum mehr als das, alle waren schön. Ich begann sofort selbst zu tanzen, und als ich mich das nächste Mal nach Étienne und Erin umsah, waren sie verschwunden. Es machte mir nichts aus. Ich weiß nicht mehr, wie lang ich alleine tanzte, aber irgendwann bekam ich Durst. Die nächste Bar war nur ein paar Meter entfernt. Ich drückte mich an den anderen Gästen vorbei.

"Wow! Geht's dir gut?", fragte der Barkeeper, als er mich sah.

"*Mir? Wieso?*", schrie ich. Die Musik war in den letzten Minuten noch lauter geworden (oder?).

"Du siehst so... *nass* aus?"

"*Nass?*"

Ich fühlte meine Stirn. Er hatte recht: Mein ganzer Kopf war feucht. Ich wollte ihn mit dem Ärmel meines Sakkos abwischen, aber stellte fest, dass mein Sakko ebenso feucht war.

"Hier...", sagte der Barkeeper und reichte mir ein Stück Papier. Es war dicker als eine gewöhnliche Küchenrolle und nahm auch bedeutend mehr Flüssigkeit auf. Ich konnte meinen Kopf und meinen Hals damit abwischen und es fühlte sich immer noch trocken an.

"Willst du was trinken?"

"*Ja! Bier! Und danke für das Tuch!*"

"Kein Problem! Pass nur auf, dass du genug Flüssigkeit zu dir nimmst!"

"*Werd ich! Danke!*"

Der Barkeeper stellte mir das Bier hin, und nachdem ich mich noch ein paar weitere Male bei ihm bedankt hatte, ging ich zurück auf die Tanzfläche. Ich wollte gerade wieder mit dem Tanzen beginnen (hatte ich aufgehört?), als plötzlich das Licht ausging. Alles wurde still. Ich sah mich im Saal um, aber niemand schien nervös zu sein. Dann kam ein Lichtstrahl aus dem Boden und strahlte eine kreisrunde Fläche an der Decke an. Die Gäste fingen an zu klatschen und zu pfeifen, und auch ich klatschte mit. Der ganze Saal war kurz davor auszuflippen. Dann tat es einen lauten Schlag und ein Bass setzte ein. Eine Bühne kam langsam von der Decke herunter und eine Lichtshow begann. Das Krystalis-Logo wurde in den Raum projiziert. Ich sah mich um: Alle Gäste waren komplett außer sich. Erst jetzt begriff ich, wer auf der Bühne stand. Und dann, als die Bühne endlich zum Stillstand gekommen war, sah ich sie zum ersten Mal: Die Zwillinge Cassandra und Adrian von Choltitz, die Gründer von Krystalis. Beide trugen weiße Anzüge, sonst nichts. Sie waren gleich groß (1,80 Meter), hatten blonde, fast weiße Haare und die gleichen Gesichtszüge; hohe Wangenknochen und schmale Augen. Im Nachhinein lag es mit Sicherheit an der Wirkung der Droge, aber in diesem Moment war ich mir sicher, dass ich in meinem ganzen Leben noch keine schöneren Menschen gesehen hatte.

"Einen guten Abend, teuerste Freunde!", sagten die beiden gemeinsam. "Wir hoffen, ihr hattet bereits eine gute Zeit!"

Dann Cassandra allein: "Sorry, dass wir uns so verspätet haben, aber wir hatten soeben noch ein wichtiges Meeting. Wie viele von euch wissen, befand sich Krystalis in einem Rechtsstreit, bei dem es um das Patent eines unserer Bewohner ging. Ein paar Unternehmer aus den Vereinigten Staaten sowie der Volksrepublik wollten das Patent *nicht* anerkennen."

Die Gäste fingen lautstark zu buhen an.

"Heute wurde nach langem Warten endlich das Urteil verkündet...", sie machte eine dramatische Pause, dann: "Recht wurde gesprochen: Wir haben gewonnen! Krystalis geht mal wieder als Sieger hervor."

Alle Gäste jubelten, klatschten, umarmten sich. Eine junge Frau gab mir einen Kuss auf die Wange. Auch ich klatschte so laut ich konnte mit.

"*Was auf Krystalis geleistet wird, bleibt auf Krystalis! Wir sind die Zukunft!*"

Musik setzte ein und die letzten Worte von Cassandra wiederholten sich im Takt. Alle begannen zu tanzen. Dann ergriff Adrian das Wort.

"In diesem Jahr wird es anlässlich des Mitternachtsballs keine Sachgeschenke von uns geben, denn wir haben etwas Besseres: Aufgrund der Gerichtsentscheidung, freuen wir uns euch mitteilen zu dürfen, dass wir das Forschungsbudget für das nächste Jahr *um eine halbe Milliarde Euro anheben werden!*"

Lichtblitze zuckten durch den Raum, eine Hi-Hat setzte ein, die Musik wurde noch lauter.

"*Aber genug von uns*", schrie Adrian. "*Jetzt wird erst einmal gefeiert!*"

Die Bühne fuhr noch ein Stück nach unten. Adrian sprang in die Menge und tanzte mit. Die Party war offiziell eröffnet.

Ich vergaß Zeit und Raum, und tanzte, tanzte und tanzte. Als ich das nächste Mal an mir herunter sah, stellte ich fest, dass ich das Sakko und das T-Shirt ausgezogen hatte. Auch die Menschen neben mir tanzten oberkörperfrei. In meinem ganzen Leben hatte ich noch nie so viele glückliche Gesichter auf einem Fleck gesehen. Irgendwann bemerkte ich, dass mir das Schlucken unendlich schwer fiel. Ich brauchte unbedingt etwas zu trinken. Ohne mich umzusehen, bewegte ich mich durch die Menge, bis ich bei einem Gang ankam, der aus dem Saal führte. Meine Augen taten weh und ich brauchte eine Weile, bis ich wieder klar sehen konnte. Ich ging den Gang hinunter und durch die Ausgangstür und stand plötzlich in einem großen Foyer. Im Foyer war es angenehm kühl, und erst jetzt stellte ich fest, wie wahnsinnig heiß mir eigentlich war. Ein paar Gäste standen im Foyer herum und unterhielten sich. Alle sahen erschöpft aus, erschöpft und glücklich. Die Musik war kaum noch wahrzunehmen. Ich sah mich nach einer Bar oder einem Kühlschrank um, selbst ein Waschbecken hätte mir gereicht, aber konnte nichts dergleichen entdecken. Ich war kurz davor wieder zurück in den Saal der Neuen Freiheit zu gehen, als plötzlich eine junge Frau meine Hand fasste.

"Komm mit!"

"W… was?", fragte ich, aber da lief sie bereits los und zog mich hinter sich her. Ihre Haare waren schwarz und sehr kurz geschnitten und wirkten, als hätte sie diese selbst erst vor kurzen in diese Form gebracht. Sie trug einen schwarzen Anzug, darunter nur einen BH.

"Wer…?"

"Sei still! Wir können hier nicht reden. Folg mir einfach."

Sie führte mich an den Aufzügen vorbei in ein Treppenhaus. Dieses war bedeutend schmaler als die anderen Treppenhäuser auf dem Gelände, die Wände waren unverputzt. Wir gingen die Treppen nach oben, es wurde zunehmen kühler.

"Was… *wo* sind wir hier?"

"Bei den Drohnen. Hier kommt normalerweise niemand rein, es sei denn, irgendwas muss repariert werden."

Erst jetzt sah ich, dass es in den Wänden Einbuchtungen gab, in denen sich Drohnen befanden. Das war kein Treppenhaus sondern eine Art Drohnenparkhaus! Als wir oben angekommen waren, drückte sie mich in eine Ecke, und ich konnte zum ersten Mal ihr Gesicht sehen; sie hatte graue Augen und Sommersprossen auf der Nase, der Wange und der Stirn.

"Kannst du mir endlich…?"

"*Pssst!* Sei ruhig!"

Sie sah das Treppenhaus hinunter, um sich zu vergewissern, dass wir alleine waren. Dann umarmte sie mich und sagte: "Ich hab den ganzen Abend nach dir gesucht! Wo warst du denn?"

"Nach *mir*? Ich war… ich war tanzen."

Sie kam ganz nah an mich heran und sah mir in die Augen.

"Hast du… hast du Drogen genommen?"

"Ja, einen Schluck von diesem…"

"Wer hat dir die Drogen gegeben?"

"Dieser… ich glaub, Étienne war sein Name."

"Fuck", sagte sie und schlug auf das Geländer. "Wie viel?"

"Eine Tablette und einen Tropfen… keine Ahnung. Ich hab es zum ersten Mal genommen."

"Ein Tab? Okay, das geht noch. Nimm auf keinen Fall mehr davon, hast du verstanden!"

"Ich… okay. Aber was ist hier eigentlich los?"

"Hör mir gut zu, denn ich weiß nicht, ob wir noch einmal die Chance bekommen werden, uns unbeobachtet zu treffen: Du musst von hier verschwinden! So schnell wie möglich."

"Wie bitte?"

"Vergiss die Sinfonie, vergiss Krystalis, verschwinde einfach! Mit ein bisschen Glück wirst du in ein paar Wochen wieder bei Sinnen sein."

"Ich kann nicht einfach so gehen. Ezra hat sich gewünscht, dass ich die Sinfonie für ihn abschließe und das…"

"Ezra…", wiederholte sie und schüttelte den Kopf. "Geh einfach, okay? Ein weiteres Mal packst du das nicht."

"Sag mal, was redest du? Was ist mit Ezra passiert?"

Dann hörten wir, wie plötzlich im Erdgeschoss die Tür aufging und zwei weitere Menschen das Treppenhaus betraten.

"Fuck!"

Die junge Frau ging die Stufen hinunter, aber ich bekam ihr Handgelenk zu fassen.

"Wer bist du?", fragte ich. "Was soll das hier?"

Sie griff in ihre Hosentasche, holte eine Visitenkarte heraus und drückte sie mir in die Hand. Dann riss sie sich los und rannte nach unten. Ich rannte ihr hinterher, aber als ich im Foyer ankam, war sie bereits verschwunden. Ich ging zurück zum Saal der Neuen Freiheit und sah mich dort nach ihr um, aber auch da: Fehlanzeige! Die Gäste waren berauscht, der Bass ballerte, das Licht zuckte durch die Dunkelheit. Plötzlich kickten die Drogen ein zweites Mal und ich war high wie nie zuvor in meinem Leben.

XXV

Ezras Eltern trennten sich, als er 5 Jahre alt war. Er wuchs abwechselnd bei beiden auf, aber doch allein. Zu keinen der beiden hatte er eine gute Beziehung. Seine Mutter war selbst noch ein Kind gewesen, als sie ihn bekommen hatte; sein Vater depressiv. Wann immer Ezra seinen Eltern seine Arbeit vorspielte, waren diese zwar beeindruckt von seinem Können, hatten aber nicht die geistigen Werkzeuge, sich damit auseinanderzusetzen. Im Alter von 14 Jahren hörte Ezra mit dem Vorspielen auf, im Alter von 16 zog er von zu Hause aus, im Alter von 20 war er Vollwaise; Ezras Mutter starb an Komplikationen eines Routineeingriffs, Ezras Vater nahm sich das Leben. Ich war dabei gewesen, als Ezra den Anruf von der Polizei erhielt, der ihn darüber unterrichtete, dass sein Vater aus dem Leben gegangen war. Es war in Connies Café gewesen. Wir haben den Laden dann zwei Tage lang nicht verlassen.

XXVI

Als ich am Nachmittag erwachte, war ich mir nicht mehr sicher, was in der Nacht wirklich passiert war. Was genau hatte die junge Frau gemeint? Hatte ich sie überhaupt getroffen? Hatte ich mir vielleicht alles nur eingebildet? Ich hatte auf der Studio-Couch geschlafen und starke Kopfschmerzen. Nach einer Stunde herumwälzen, stand ich auf und ging in die Küche. Neben dem Tresen stand ein mobiler Kleiderständer, an dem die Kleidung hing, die ich am Abend zunächst getragen, dann allerdings auf der Tanzfläche ausgezogen hatte (Sakko und T-Shirt). Ich roch daran: Sie waren frisch gewaschen.

"Aurora, kannst du… kannst du bitte einen Kaffee machen?", bat ich die AI. "Und gibt's hier irgendwo Schmerztabletten?"

"Guten Tag, Herr Escher! Wollen Sie den Kaffee aus der Maschine oder eine spezielle Zubereitung aus der Küche des Hauses?"

"Ähm… Aus der Maschine reicht. Danke."

"Gern!"

Im selben Moment ging eine kleine Box neben dem Kühlschrank an und begann, leise zu summen.

"Wenn Sie möchten, kann ich dem Kaffee gleich ein geschmacksneutrales Schmerzmittel hinzufügen."

"Dem Kaffee? Ist das nicht ein bisschen… eklig?"

"Wie gesagt: Das Schmerzmittel ist geschmacksneutral und sollte sich nicht auf den Genuss auswirken."

"Ich hätte es trotzdem gern separat. Danke!"

"Natürlich. Ein automatischer Wagen sollte in wenigen Minuten an der Tür sein."

Ich nickte und ging zum Schrank, um mir ein Glas herauszuholen. Danach holte ich mir eine Flasche Wasser aus dem Kühlschrank und goss etwas davon ins Glas. Während ich das Wasser trank, fiel mir auf, dass auch die leeren Bierflaschen und das Geschirr der letzten Tage verschwunden waren.

"Wo ist denn der ganze Müll hin, Aurora?"

"In ihrer Abwesenheit wurde die Wohnung gesäubert, so wie es im Programm ausgewählt ist."

"Hat Ezra das so eingestellt?"

"Ja. Wenn Sie möchten, können Sie das Programm aber jederzeit ändern. Wollen Sie die Optionen hören?"

"Nein, schon gut. Besser, dass hier jemand für Ordnung sorgt."

In diesem Moment klingelte es an der Tür.

"Herein."

Die Tür öffnete sich und ein Wagen kam in die Wohnung gefahren. Auf dessen Tablett stand ein violetter Teller mit drei Pillen darauf. Ich nahm den Teller und stellte ihn auf den Küchentisch. Der Wagen fuhr wieder davon.

"Was sind das für Pillen?"

"Das sind unsere hauseigenen *leichten* Schmerzmittel. Die Wirkung ist ähnlich handelsüblicher Schmerzmittel, aber die chemische Zusammensetzung ist bekömmlicher. Wollen Sie die Zusammensetzung hören?"

"Schon okay. Muss nicht sein."

Ich nahm gleich zwei Pillen auf einmal und spülte sie mit einem Schluck Kaffee hinunter. Dann holte ich eine Zigarette aus der Packung, die auf dem Tresen lag, und suchte in meiner Hose nach dem Feuerzeug. Beim Herausholen, fiel ein Stück zerknülltes Papier zu Boden. Ich hob es auf und realisierte, dass es sich um die Visitenkarte der jungen Frau handelte. Einzig das Wort *RAYA* war darauf geschrieben.

"Eine Frage, Aurora…"

"Ja?"

"Kann ich bei dir auch nach Namen suchen lassen?"

"Was für Namen meinen Sie?"

"Bewohnern des Hauses. Menschen, die auf Krystalis leben."

Die AI rechnete einen Moment, dann sagte sie: "Es tut mir leid.

Sie haben keine Befugnis, die Bewohner-Datenbank zu durchsuchen."

"Hab ich nicht?"

"Leider nein."

Ich nahm einen weiteren Zug von der Zigarette. Mir wurde schwindelig, aber die Kopfschmerzen schienen bereits zu verschwinden.

"Wie bekommt man denn so eine Befugnis?"

"Hierfür sollten Sie sich an Frau Kollwitz wenden."

"Kannst du mich mit ihr verbinden?"

"Sehr gern."

Während die AI versuchte mich zu verbinden, fing wieder die hauseigene Ambient Music zu spielen an. Allerdings nur für ein paar Sekunden, dann meldete sich bereits Klara Kollwitz.

"Herr Escher, wie geht es Ihnen?"

"Ähm… ganz okay."

"Hatten Sie einen angenehmen Abend?"

"Ja, kann man so sagen. Ich hab Sie gar nicht gesehen. Waren Sie auch beim Mitternachtsball?"

"Ich musste leider letzte Nacht arbeiten. Es stehen ein paar Änderungen im Haus an, für die ich dringend noch Sachen fertigbekommen muss."

"Verstehe."

"Aber es freut mich zu hören, dass Ihnen der Mitternachtsball gefallen hat! Was kann ich heute für Sie tun?"

"Nun… ich wollte Sie fragen, ob ich vielleicht die Befugnis bekommen könnte, die Bewohner-Datenbank zu durchsuchen."

"Die Bewohner-Datenbank? Es tut mir leid, aber diese Befugnis ist ausschließlich festen Bewohner des Hauses vorbehalten."

"Aber ich dachte, ich habe keinen Gaststatus mehr? Jetzt, wo ich hier an der Sinfonie arbeite…"

"Nein, einen Gaststatus haben Sie nicht mehr. Aber einen vollen Bewohnerstatus leider auch nicht."

"Verstehe. Könnte ich Sie dann vielleicht um Auskunft bitten? Ich habe letzte Nacht jemanden kennengelernt, den ich gern kontaktieren würde und…"

"Haben Sie einen Namen?"

"Ich bin mir nicht sicher. Wenn, dann nur einen Vornamen: Raya."

Es war kurz still auf der anderen Seite. Dann: "Raya Ravel?"

"Gibt es eine andere Raya im Haus?"

"Nein. Frau Ravel ist die einzige."

"Können Sie mir sagen, wie ich sie erreichen kann?"

"Ich befürchte, damit würde ich zu sehr in Frau Ravels Privatsphäre eingreifen."

"Gibt es keinen Weg, auf dem ich sie kontaktieren kann? Wie machen es denn anderen Bewohner des Hauses?"

Klara Kollwitz überlegte einen Moment, dann: "Ich sag Ihnen was, Herr Escher: Ich werde eine Nachricht für Frau Ravel hinterlassen, dann kann sie selbst entscheiden, ob sie mit Ihnen in Kontakt treten will oder nicht. Okay?"

"Ja, okay. Sagen Sie ihr einfach, dass ich mich gern mit ihr auf einen Kaffee treffen würde. Oder einen Wein. Oder was auch immer sie trinkt."

"Gut, Herr Escher. Ich schicke die Nachricht dann sofort raus."

"Vielen Dank."

"Kein Problem. Kann ich sonst noch etwas für Sie tun?"

"Nein, das war's erstmal."

"Dann wünsche ich Ihnen noch einen schönen Tag!"

"Ebenfalls", erwiderte ich, aber Klara Kollwitz hatte bereits aufgelegt.

Ich drückte die Zigarette aus und ging ins Bad. Raya Ravel, dachte ich. Irgendwie kam mir der Name bekannt vor. Hatte Ezra sie erwähnt? Berichtete die Presse über sie?

"Aurora, mach bitte die Dusche an. Siebenundzwanzig Grad."

Ich zog die Hose aus und stellte mich unter die Dusche. Raya Ravel, Raya Ravel. Ich wusch meine Haare und putzte mir die Zähne. Raya Ravel. Wo hatte ich nur den Namen schon einmal gehört? Und dann, als ich mir gerade den Mund ausspülte, fiel es mir wieder ein: Raya Ravel hatte auf ein paar von Ezras Stücken gesungen! Ich hatte ihren Namen gelesen, als ich die einzelnen Spuren durchgegangen bin. Ich stieg aus der Dusche und verließ das Bad, ohne mich abzutrocknen. Im Studio schaltete ich den Bildschirm über dem Mischpult an und suchte nach ihrem Namen. Tatsächlich! Das

System spuckte mir zehn Spuren aus, die ihren Namen trugen; auf insgesamt vier Stücken hatte sie mitgewirkt. Ich öffnete das erste Stück: *Tachypnoe I.* Das Stück hatte ich in den letzten Tage sicherlich mehr als fünfzig Mal gehört, dennoch konnte ich mich nicht an eine Frauenstimme erinnern. Ich schaltete die Spur, die ihren Namen trug, auf Solo und drückte Play. Es dauerte fast drei Minuten, bis ich zum ersten Mal etwas hörte; wiedererwartend allerdings keinen Gesang, sondern Fußtritte. Eine Person ging umher, gelegentlich schliff ein Fuß am Boden, ab und zu quietschte es. Dann ging eine Tür auf, eine weitere Person betrat den Raum und ein Gespräch begann. Das Gespräch war unverständlich, das Mikrofon zu weit weg, nur ganz zum Schluss hört man eine Frauenstimme - vermutlich Raya - sagen: *Ezra, das ist es nicht wert.* Dann knallte eine Tür und der Clip war zu Ende. Immer noch nass setzte ich mich auf den Sessel und lehnte mich zurück. Die Spur hat absolut keine Relevanz für das Stück, dachte ich. Oder doch? Man konnte sich bei Ezra nicht sicher sein. Vielleicht war es nur ein Zufall, dass sie noch im Projekt war. Vielleicht hatte Ezra es aber auch genauso gewollt. In jedem Fall konnte ich mir sicher sein, dass diese Raya Ravel mit Ezra bekannt war. Ich wollte gerade die Spur ein zweites Mal abspielen, als es klingelte.

"Ja, bitte?", sagte ich.

"Ein Anruf von Frau Brecht", sagte die AI. Ohne meine Antwort abzuwarten, stellte die AI Baptista Brecht durch.

"Herr Escher, einen guten Tag wünsche ich!"

Mir war etwas unangenehm, dass ich nackt im Studio saß, und ich hoffte, dass Baptista Brecht mich nicht über irgendeine Kamera beobachtete.

"Ja… Ihnen auch."

"Wie geht es Ihnen heute? Kommen Sie mit der Arbeit gut voran?"

"Geht schon. Was kann ich für Sie tun?"

"Herr Escher, ich habe eine spannende Nachricht für Sie."

"Ach ja?"

"Ja! Adrian von Choltitz, Gründer von Krystalis, würde Sie gerne heute zum Abendessen in seine Wohnung einladen."

"*Mich?*"

"Eine große Ehre."

"Was will er denn von mir?"

"Die genauen Details kenne ich nicht. Ich nehme an, er würde Sie gern kennenlernen. Jetzt, wo Sie vermutlich länger hier bei uns bleiben."

"Oh… wow", erwiderte ich.

"Das Dinner ist auf 20 Uhr angesetzt. Fünfzehn Minuten vorher wird Sie einer unserer Security-Mitarbeiter abholen."

"Ähm… okay. Ich weiß nicht, was ich sagen soll."

"Sie müssen gar nichts sagen. Seien Sie einfach nur pünktlich bereit."

"Okay. Werde ich."

"Gut. Dann gebe ich Herrn von Choltitz Bescheid."

"Danke!"

"Ich wünsche Ihnen noch einen produktiven Tag!"

"Ja, ich Ihnen auch."

Baptista Brecht legte auf und ich nahm mir die angefangene Packung Zigaretten vom Tisch. *Cassandra und Adrian von Choltitz.* Nie im Leben hätte ich gedacht, einen der beiden einmal persönlich kennenzulernen - immerhin kamen sie aus einer völlig anderen Welt! Aber jetzt wollte einer der beiden mich kennenlernen? Ich konnte mir ein Schmunzeln nicht verkneifen. Ich zündete eine Zigarette an und musste an Mathilda denken. Wir hatten uns immer über die Zwillinge lustig gemacht: *Milliardärskinder, die sich ein Schloss bauen, in dem sie all ihre Freunde wohnen lassen.* Wir fanden das alles immer so abtörnend und pervers, aber nun, da ich mich mit einen von ihnen treffen würde, fühlte ich mich irgendwie… geschmeichelt. Das war es wohl, was Mathilda meinte, wenn sie sagte, dass ich einen schwachen Charakter hätte. Ja, genau das war es.

XXVII

Geld war Ezra immer egal gewesen. Er wusste einfach nicht, was er damit anstellen sollte. Mir ging es anders: Als das große Geld von Ezras zweiter Platte kam, fing ich an, seltene Synthesizer und teure Gitarren zu kaufen. So viel, dass schnell unser alter Proberaum zugestellt war. Irgendwann konfrontierte mich Ezra mit einer Kreditkartenrechnung von fast zehntausend Euro. Ich sagte ihm, dass ich mit dem Kaufen aufhören würde, tat es aber nicht. Als Ezra mich mit einer weiteren Rechnung in gleicher Höhe konfrontierte, fügte er an, dass er enttäuscht von mir sei. Ich verkaufte alles wieder, aber das Gefühl der Scham verging für Monate nicht.

XXVIII

Den Rest des Tages verbrachte ich mit der Arbeit an *Tachypnoe I*.
Ganz besonders gefiel mir die Version, welche ausschließlich mit
Kammerorchester und Chor arrangiert war. Meiner Meinung nach,
musste an dem Stück gar nicht mehr viel gemacht werden; ich
mischte die Streicher etwas in den Hintergrund und holte den Chor
nach vorn, ich tauschte einen Kontrabass gegen einen Synthesi-
zer-Bass aus, und beendete das Stück mit einem Paukenschlag,
anstatt es ausfaden zu lassen, was wiederum dem Beginn von
Tachypnoe II mehr Kraft gab. Gegen 19 Uhr war ich fertig, öffnete
mir ein Bier und hörte mir das Stück ein weiteres Mal an. Es war gut
geworden. Wirklich gut. Nachdem das Stück vorbei war und ich das
Bier ausgetrunken hatte, sah ich an mir herunter: Ich war immer
noch nackt und hatte außerdem etwas Zahnpasta am Arm - ich
hatte die Dusche wohl doch etwas voreilig verlassen. Ich verließ das
Studio, duschte mich ein weiteres Mal, dann zog ich mich wieder
wie am Vorabend an; Schwarzer Anzug, schwarzes T-Shirt. Dieses
Mal trug ich aber keine Sneaker, sondern nahm mir ein Paar von
Ezras Espadrilles aus dem Schrank. Als es pünktlich um 19:45 Uhr
klingelte, nahm ich mir eine neue Packung Zigaretten vom Küchentresen, dann öffnete ich die Tür. Vor mir stand eine junge Frau. Sie
war komplett in weiß gekleidet, ein paar Zentimeter größer als ich
und hatte ihre blonden langen Haare zu einem Zopf gebunden.
"Hi!"
"Guten Abend, Herr Escher. Sind Sie soweit?"
"Ja, ich denk schon."
Ich schloss die Tür hinter mir und folgte der Mitarbeiterin zu

den Aufzügen. Sie bestellte den Aufzug über ihre ID. Innerhalb von wenigen Sekunden war er da und wir stiegen ein. "Apollo-Suite", sagte sie. Die Türen schlossen sich und wir fuhren nach oben. Kurz bevor wir die Dachterrasse erreicht hatten, kam der Aufzug zum Halten und die Türen ging hinter uns auf. Mir war bis zu diesem Zeitpunkt nicht bewusst gewesen, dass der Aufzug auf beiden Seiten aufgehen konnte.

"Was ist das für eine Etage?", fragte ich. "Sie steht gar nicht auf der Anzeige."

"Es gibt ein paar Suiten und Büroräume, die für die meisten Bewohner gesperrt sind, weswegen es keinen Sinn macht, diese anzuzeigen."

"Verstehe. Ich dachte immer, dass die Krystalis-Bewohner, nun ja, eine große Familie sind und jeder jeden jederzeit besuchen kann?"

"Eine große Familie sind wir schon. Aber manchmal wollen Papa und Mama auch ihre Ruhe haben."

Wir stiegen aus und gingen einen breiten aber komplett leeren Flur hinunter. Vor ungefähr fünf Meter hohen Flügeltüren hielt die Mitarbeiterin an und hielt ihre ID vor einen Sensor. Die Flügeltüren gingen nach Innen auf, wir gingen hinein und standen plötzlich unter einem gläsernen Dom, an den Lichtspiele projiziert wurden, wodurch dieser wie ein riesiges Aquarium wirkte. In der Mitte des Raums war ein knapp zehn Meter hohes Bücherregal aufgebaut, an dem mehrere Leitern standen. Leise im Hintergrund lief *Einstein on the Beach* von Philip Glass.

"Wow", sagte ich. "Mama und Papa haben es ja nicht schlecht hier."

"Niemand hat es schlecht auf Krystalis."

Wir durchquerten den menschenleeren Dom und gingen auf der anderen Seite einen weiteren, bedeutend längeren Flur hinunter. In diesem hingen Fotografien an den Wänden. Als die Mitarbeiterin bemerkte, dass ich die Arbeiten betrachtete, sagte sie: "Die sind von Herrn von Choltitz."

"Ich wusste gar nicht, dass er Fotograf ist."

"Er ist vieles. Renaissance Man ist ein Begriff, der oft im Zusammenhang mit seinem Namen fällt."

"Verstehe."

Als wir am Ende des Flurs angekommen waren, klopfte die Mitarbeiterin an die Tür und sagte: "Da wären wir. Ich wünsche Ihnen einen angenehmen Abend, Herr Escher."

"Danke… ähm… dass Sie mich hergebracht haben. Wie komme ich später wieder zurück?"

"Einer meiner Kollegen wird Sie bringen."

"Cool."

Die Mitarbeiterin verbeugte sich, dann ging sie den Flur wieder zurück. Als sich die Tür zum Dom hinter ihr geschlossen hatte, stand ich immer noch auf dem Flur und wartete, dass man mich in die Wohnung ließ. Meine Hände wurden feucht. Ich konnte nicht glauben, wie aufgeregt ich war. Normalerweise hatte ich nicht so eine Ehrfurcht vor anderen Menschen - schon gar nicht vor Celebrities wie Adrian von Choltitz -, dennoch fühlte ich mich, wie vor einer Arena-Show mit 20.000 Gästen! Ich wischte mir die Hände am Hosenbein ab und holte die Packung Zigaretten aus der Sakkotasche, einfach nur um damit zu spielen. Ich holte eine Zigarette aus der Packung und wollte sie mir gerade hinter das Ohr klemmen, als plötzlich die Tür aufging und Adrian von Choltitz vor mir stand. Er trug ein weißes Hemd, weiße Shorts und darüber eine schmutzige Küchenschürze, und lächelte mich an.

"Sorry, dass ich dich solange hab warten lassen!", sagte er und hielt mir die Tür auf. "Aber als du geklopft hast, musste ich schnell den Thunfisch aus dem Ofen holen. Du isst Fisch, oder?"

"Ich… äh…"

"Ich hab *super* lang vegan gelebt, aber seit wir auf Krystalis die Tierprodukte nicht mehr von ehemals lebenden Wesen, sondern aus dem Labor bekommen, hab ich mir das eine oder andere wieder angewöhnt. Wenn man sich moralisch keine Gedanken machen muss, schmeckt das Fleisch eigentlich wieder ganz gut. Aber komm erstmal rein. So *terribly* unhöflich von mir…"

Ich betrat die Wohnung und stand sofort in einer riesigen Wohnküche, die an zwei Wänden komplett verglast war. An der einen Wand stand ein durchsichtiger Flügel und an der anderen eine halbkreisförmige Couch, die in den Küchentresen überging. Neben der Küche ging eine Treppe nach oben. Im oberen Raum schienen fast ausschließlich Bücherregale zu stehen.

"Danke für die Einladung!", sagte ich.

"Ich danke *dir* fürs kommen! Wenn du willst, kannst du gern rauchen."

Adrian zeigte auf die Zigarette, die ich immer noch in der Hand hielt. Dann sagte er: "Aurora: Bitte Aschenbecher zum Flügel, zum Futon, zum Küchentresen, zur Terrasse und zur Aussichtsplattform."

"Nur, wenn es keine Umstände macht…"

"Ach, ich bitte dich! Wir sind doch beim Du, oder?"

"Äh… klar."

Auf der anderen Seite des Raums ging eine Tür auf und zwei automatische Wagen kamen heraus, die an den von Adrian genannten Stellen die Aschenbecher verteilten.

"Magst du was trinken?"

"Hast du Bier da?"

"Sicher! Magst du das hauseigene oder eine andere Marke?"

"Das hauseigene Bier ist gut."

"Ja, oder? Find ich auch. Damit hat Ben ganze Arbeit geleistet. Und das sag ich, der doch eigentlich gar kein Biertrinker ist! Aber setz dich doch und genieß die Aussicht! Das Bier wird gleich kommen."

"Schon okay. Ich sitz sowieso den ganzen Tag."

"I bet. Darüber will ich auch gleich alles hören! Also über die Arbeit an der Sinfonie. Mein Beileid übrigens!"

"Danke."

"Es war für uns alle ein großer Schock, musst du wissen. Nicht nur, dass sich jemand hier bei uns das Leben nimmt, aber dass es dann auch noch Ezra ist… wow! Ich glaube, wir werden noch eine Weile brauchen, bis wir das verarbeitet haben."

"Ich war ziemlich überrascht, dass so viele Bewohner von Ezras Tod so… betroffen sind."

"Ezra war überaus beliebt! Ich denke, dass liegt daran, dass viele seine Kunst schon vorher kannten und dann, als sie ihn hier kennenlernten, feststellten, dass er zusätzlich auch noch ein *wahnsinnig* netter Mensch ist. Das gibt's nicht oft im Leben!"

"Vermutlich nicht…"

Ein automatischer Wagen kam angefahren und hatte ein Bier auf dem Tablett. Ich nahm es herunter und zündete mir eine Zigarette an.

"Und wie geht es dir? Wie lange bist du jetzt hier? Eine Woche?"

"Ungefähr."

"Gefällt es dir? Behandeln dich die anderen Bewohner und die Mitarbeiter gut?"

"Ich kann mich nicht beklagen. Aber ehrlich gesagt, hab ich die meiste Zeit gearbeitet. Nur gestern war ich aus."

"Mitternachtsball. Immer ein großer Spass! Ich konnte leider nicht allzu lange bleiben. Anderweitige Verpflichtungen. Ging es noch lang?"

"Ich weiß es ehrlich gesagt nicht. Die Erinnerungen sind etwas… unscharf."

Adrian musste lachen und sagte: "Alles klar. Versteh schon. Musst nicht weiterreden."

Danach schenkte er sich aus einer Karaffe ein Glas voll mit einer hellbraunen, klaren Flüssigkeit, und kam zu mir herüber.

"Cheers!", sagte er und wir stießen an.

"Was trinkst du da?"

"Südafrikanischen Whiskey. Hat ein Bekannter von mir gemacht. Ist nicht sonderlich gut, aber wegschütten will ich ihn auch nicht. Er hat viel Liebe reingesteckt, auch wenn man es wirklich nicht schmeckt."

"Was man nicht alles für Freunde tut…"

"In der Tat. Aber komm: Ich zeig dir mal die Wohnung."

Adrian zog seine Küchenschürze aus und warf sie über die Couch. Dann ging er die Wendeltreppe nach oben. Ich folgte ihn. Als wir oben angekommen waren, sah ich, dass vor den Bücherregalen Futons und Bambusmatten lagen, und dass die Bücherregale als Raumteiler fungierte, welche den vorderen Teil der Etage mit dem hinteren Teil - dem Badezimmer - trennten.

"Mein eigentliches Schlafzimmer ist unten, aber irgendwie schlaf ich immer bei der Bibliothek ein, also hab ich mir einfach ein paar Futons hergelegt. Ehrlich gesagt, kann ich dir gar nicht sagen, wann ich das letzte Mal im Schlafzimmer geschlafen hab. Aurora, weißt du das zufällig?"

"Ja, Adrian. Am 6. Juni."

Adrian drehte sich zu mir und sagte: "Im Sommer? Crazy! Aber egal. Komm mal mit!"

Er führte mich an den Regalen vorbei zu einer kleinen Brücke, die in den Dom hinein führte. Erst als wir auf der Brücke standen, erkannte ich, dass sich auf der anderen Seite der Brücke eine Tür befand. Wir überquerten die Brücke, gingen durch die Tür und standen auf einer beheizten Platform, auf einer Art Wintergarten. Links und rechts von uns standen Pflanzen; hauptsächlich Palmen.

"Das ist meine Aussichtsplattform. Von hier aus kann ich fast das gesamte südliche Gelände überblicken."

"Krasser Blick."

"Eigentlich wollte Cassandra in diese Wohnung ziehen, aber als ich die Terrasse gesehen hatte, *musste* ich sie einfach haben. Also hab ich sie zu einem Wettschwimmen herausgefordert. Cassandra war immer die bessere Schwimmerin von uns beiden gewesen, aber in der Woche vor dem Rennen, hab ich nichts anderes gemacht als zu trainieren. Und, nun ja, offensichtlich hat es sich ausgezahlt."

"Offensichtlich."

"Aber es ist jetzt auch nicht so, als ob die andere Wohnung *schlecht* wäre. Alphonso hat ganze Arbeit mit Krystalis geleistet. Wenn du willst, zeige ich dir die andere Wohnung bei Gelegenheit mal. Im Moment steht sie nämlich leer. Vielleicht ist sie ja was für dich? Jetzt wo du länger bei uns bleibst..."

"Was ist mit…?"

"Cassandra? Sie lebt schon lang nicht mehr auf Krystalis."

"Aber gestern beim Mitternachtsball…?"

"Ein Hologramm, nichts weiter."

Adrian machte eine kurze Pause und betrachtete eine Fliege, die sich in ein Spinnennetz unter einem Palmenblatt verirrt hatte.

"Wusstest du eigentlich, dass ich adoptiert bin?"

"Adoptiert? Nein. Ich dachte, ihr seid..."

"Cassandra und ich behaupten nur, dass wir Zwillinge sind. Die Wahrheit ist, dass ich in der Nacht, in der Cassandra geboren wurde am Choltitz-Anwesen abgegeben wurde."

"Ach was?"

"Wir machen keinen großen Hehl daraus, also behalt's für dich. Okay?"

Adrian zwinkerte mir zu, dann gingen wir wieder nach drinnen. Er zeigte mir auf der oberen Etage das Badezimmer und in der unteren seinen Unterhaltungsraum sowie das Esszimmer. Er erzählte mir die Historien diverser Möbel und warum die Zimmer angelegt waren, wie sie waren. Immer, wenn er dachte, dass er zu viel redete, sagte er: *Sag Bescheid, wenn ich dich mit den Details nerve!* Er nervte nicht. Das meiste fand ich in der Tat recht interessant. Als wir mit der Führung durch waren, machte er die Teller bereit und wir setzten uns an einen kleinen Tisch beim Dom.

"Und jetzt erzähl...", sagte er, während er sich ein weiteres Glas von dem Whiskey einschenkte. "Was macht die Arbeit an der Sinfonie?"

"Naja, ehrlich gesagt, war ich die letzten Tage fast ausschließlich mit der Sichtung des Materials beschäftigt. Ezra hatte doch einiges produziert."

"Das kann ich mir vorstellen."

"Kurz bevor ich mich für das Abendessen fertig gemacht habe, konnte ich allerdings ein Stück abschließen. Also ich denke zumindest, dass ich es abgeschlossen habe. Das kann sich sicherlich noch ändern, wenn ich an den nächsten Stücken arbeite, aber..."

"Ach was? Du hast schon was fertig? Das ist doch *super!*"

"Naja, wie gesagt: Kann sich noch ändern. Ich weiß auch nicht, ob die jetzige Version so in Ezras Interesse gewesen wäre..."

"Ezra hatte sicherlich gute Gründe gehabt, *dir* die Vollendung seiner Sinfonie anzuvertrauen. An deiner Stelle, würde ich nicht so kritisch mit dir selbst sein."

"Vielleicht hast du recht. Aber egal. Es ist erst das *erste* Stück. Ich hab also noch was vor mir."

"Nimm dir so viel Zeit, wie du brauchst. Von uns wird dich keiner unter Druck setzen."

"Danke."

Wir aßen für eine Weile und hörten der Musik zu. *John Cage Meets Sun Ra.* Als ich meinen Teller aufgegessen hatte, fragte ich: "Sag mal: Warum hast du mich eigentlich eingeladen?"

Adrian sah an mir vorbei und kaute langsam seinen Bissen. Als er fertig war und geschluckt hatte, sah er mir in die Augen und fragte: "Kann ich ehrlich zu dir sein?"

"Klar."

"Ich wollte einfach noch einmal persönlich sichergehen, dass du auch zu Krystalis passt. Versteh mich nicht falsch: Ich vertraue den Einschätzungen meiner Mitarbeiter! Aber die Situation mit Ezra ist… außergewöhnlich. Ich wollte selbst noch einmal sichergehen, dass man dich nicht im, nun ja, *Affekt* nach Krystalis gelassen hat, sondern weil du zu uns passt."

"Ich dachte, man hat mich nach Krystalis geholt, weil es in Ezras Testament stand?"

"Bitte nicht falsch verstehen, aber: Ezra hätte in sein Testament schreiben können, was er will. Wenn du unserer Einschätzung nach - allen voran Baptista Brechts - nicht zu Krystalis passt, dann hätten wir dich auch nicht rein gelassen. Verstehst du?"

"Verstehe. Und?"

"Und was?"

"Denkst du, dass ich hierher passe?"

Wieder überlegte Adrian für einen Moment, dann: "Selten hat jemand besser hierher gepasst!"

Ich fühlte mich seltsam geschmeichelt und hob die Flasche. Adrian hob sein Glas und wir tranken.

"Kann ich dich noch was fragen?", fragte ich.

"Aber sicher doch."

"Kennst du eine Raya?"

Adrian sah mir in die Augen. Dann tupfte er seinen Mund ab und lehnte sich im Stuhl zurück.

"Raya Ravel?"

"Ja."

"Ja, ich kenne Raya. Wir sind nicht unbedingt die besten Freunde, aber ich kenne sie."

"Nicht die besten Freunde?"

"Ist nicht so wichtig. Was weißt du denn von ihr?"

"Ich weiß nur, dass sie an ein paar von Ezras Stücken mitgewirkt hat."

"Das kann gut sein."

"Wer ist sie?"

"Raya war diejenige, die Ezra gefunden hat. Die beiden waren gute Freunde."

"Ach?"

"Ja. Und leider hat sie seinen Tod noch schlechter verkraftet als der Rest von Krystalis."

"Das heißt?"

"Ohne zu sehr ins Detail zu gehen: Kurz nach Ezras Tod hatte sie ein paar... psychotische Anfälle. Einer davon war so schlimm, dass sie sich am Kopf verletzte und behandelt werden musste. Seitdem ist sie unter ständiger Betreuung und darf ihr Zimmer nicht verlassen."

"Sie hat ihr Zimmer nicht verlassen?"

"Nein."

Kurz überlegte ich, Adrian zu sagen, dass ich sie in der Nacht zuvor getroffen hatte, ließ es dann aber doch bleiben. Je mehr Zeit verging, umso unschärfer wurden die Erinnerungen an die Nacht.

"Ich würde mich gern einmal mit ihr treffen."

"Sicher. Ich wette, sie würde dich auch gerne kennenlernen. Schreib ihr doch eine Nachricht und warte, bis sie reagiert. Ich würde dir aber nicht empfehlen, sie aufzusuchen, bevor sie sich erholt hat. Einfach weil ich denke, dass es ihrem Genesungsprozess nicht sonderlich zuträglich wäre."

Ich nickte und sagte: "Okay."

Wir aßen unsere Teller auf und nachdem wir fertig waren, ließen wir uns neue Drinks bringen. Adrian baute sich einen Joint und bot ihn mir an, aber ich lehnte dankend ab und blieb bei den Zigaretten. Wir redeten noch eine Weile über ihn, über mich, über Ezra, Krystalis und die Sinfonie. Kurz bevor ich mich gegen Mitternacht verabschiedete, bat mich Adrian darum, ihn die Sinfonie bitte als Ersten vorzuspielen. Natürlich sagte ich zu.

Adrian rief einen Security-Mitarbeiter, der mich wieder zu Ezras Wohnung brachte. Am Ausgang seiner Wohnung bedankte ich mich noch einmal für den Abend.

"Immer gern", sagte er. "Ich werd jetzt erstmal für ein paar Tage in Rio sein und danach in Hong Kong. Solltest du wiedererwartend früher mit der Sinfonie fertig werden, schick sie mir auf keinen Fall zu! Ich will sie das erste Mal über die Anlage im Odeon hören. Okay?"

"Okay. Ich merk's mir."

"Cool. Na dann, genieß die Zeit und lass es dir gutgehen! Wenn du was brauchst, dann nerv Klara. Klara Kollwitz ist doch für dich zuständig, oder?"

"Ja."

"Perfekt. Sie ist eine der Besten."

Zur Verabschiedung gab mir Adrian eine Umarmung, und in diesem Moment dachte ich wirklich, dass ich in ihm einen Freund gefunden hätte. Es war, als kannten wir beide uns schon ein Leben lang.

Trotz der späten Uhrzeit war ich voller Energie. Ich nahm mir ein weiteres Bier aus dem Kühlschrank und ging ins Studio. Ich schaltete den Monitor ein, wählte *Tachypnoe II* aus und hörte mir die Orchesterversion zwei Mal in voller Länge an. Dieser Titel würde etwas mehr Arbeit brauchen als *Tachypnoe I*, aber auch nicht übermäßig viel - einen Tag, vielleicht zwei. (Eventuell einen dritten, um ein paar Spuren mit den Bläsern neu aufzunehmen. Aber nicht viel mehr.) Die Wirkung ist da, dachte ich, ich muss sie nur noch ein wenig polieren. Während ich durch die einzelnen Spuren scrollte, stieß ich wieder auf Rayas Namen. Ich stellte die Spur auf Solo und hörte mir sie an. Dieses Mal sang Raya, begleitete sie den Chor, vorsichtig mit. Ihre Stimme dabei fast gehaucht. Zunächst dachte ich, dass ihre Stimme überflüssig sei, aber bei genauerem Hinhören verstand ich, was Ezra damit ausdrücken wollte: Ihre Stimme war der Gegenpol zum Chor! Sie repräsentierte den Kampf des Einzelnen gegen die Gruppe. Ihre Stimme war die Essenz des Stücks. Ohne sie gab es keinen Kampf und ohne Kampf gab es keine Spannung. Ich hörte ihre Spur bis zum Ende durch. Als das Stück ausfadete, verließ ich das Studio, um mir ein weiteres Bier zu holen. Auf dem Weg zurück, konnte ich bereits im Flur Rayas Worte hören: *Finde Mathilda. Finde Mathilda.* Nachdem das eigentliche Stück vorbei war, hatte Raya weiter ins Mikrophon geredet. Zunächst nahm ich an, dass es noch Teil des Stücks war, aber es ergab wenig Sinn. Außerdem klang Rayas Stimme ganz anders; sie klang außer Atem, ängstlich. Ganz zum Schluss brach die Aufnahme dann abrupt ab. Ich hörte mir die Aufnahme erneut an. Neben Rayas Stimme hörte man leise noch andere Menschen. Sie schienen sich zu streiten. Genau konnte ich es aber nicht ausmachen. Beim wiederholten Hören kam mir Rayas Stimme nun *noch* ängstlicher vor. Vielleicht wollte Ezra diesen Teil zum Samplen benutzen, aber dann, dachte ich, hätte er darauf geachtet, dass die Tonqualität besser ist. Außerdem hätte er nicht aufgenommen, wenn im Hintergrund ein Streit zu hören ist. Oder doch? Nein, es ergab keinen Sinn. Ich stand auf und ging hinüber zur Couch. Auf dem Tisch lag noch immer die verschlossene Everbox.

"Ezra", sagte ich laut. "Was hast du nur getrieben?"

XXIX

Wir standen auf einem Hügel in Marokko und sahen hinauf zu den Sternen. Irgendwann fingen die Sterne an, sich zu bewegen und ich realisierte, dass wir eigentlich auf den Boden sahen und die Sterne Ameisen waren. Ezra bückte sich und zeigte auf einen Stein.

"Den suchst du doch, oder?"

Ich bückte mich ebenfalls und sah mir den Stein an.

"Ich glaube nicht. Aber *irgendetwas* suche ich."

"Beeil dich. Bald geht die Sonne auf, dann wirst du nichts mehr erkennen können."

XXX

Ich wachte am Morgen total durchnässt auf der Couch auf. *Finde Mathilda* war das erste, was mir durch den Kopf schoss. Ich hatte kaum vier Stunden geschlafen.

"Aurora, irgendwelche Nachrichten für mich?"

"Guten Morgen, Herr Escher. Nein, wir haben keine neuen Nachrichten für Sie."

"Auch nicht von Mathilda?"

"Nein, Herr Escher."

"Kannst du einsehen, wann ich ihr die Nachricht geschickt habe, in der ich sie darüber informierte, dass ich auf Krystalis bleibe?"

"Sie haben ihr bislang noch keine Nachricht geschickt, Herr Escher."

"Nicht?"

"Nein."

Erst dann fiel mir wieder ein, dass Klara Kollwitz die Nachricht für mich abgeschickt hatte, da mein Account noch nicht freigeschaltet war.

"Kannst du einsehen, wann Frau Kollwitz die Nachricht an Mathilda Murnau verschickt hat?"

"Sie verfügen leider nicht über die Befugnis, die Kommunikationskanäle von Frau Kollwitz einzusehen."

"Hmm… Kannst du schnell eine Nachricht an Mathilda schicken?"

"Sehr gern, Herr Escher! Wie lautet ihre Nachricht?"

"Ähm.. irgendwas Kurzes. Hi Mathilda, wie geht es dir? Melde dich bitte, ich würde dich gern etwas fragen. Semi-Dringend. Hoffe, dir geht es gut!"

"Ihre Nachricht lautet: *Ähm.. irgendwas Kurzes. Hi Mathilda, wie geht es dir? Melde dich bitte, ich würde dich gern etwas fragen. Semi-Dringend. Hoffe, dir geht es gut!* Wollen Sie diese Nachricht versenden?"

"*Irgendwas Kurzes* bitte rausnehmen."

"*Hi Mathilda, wie geht es dir? Melde dich bitte, ich würde dich gern etwas fragen. Semi-Dringend. Hoffe, dir geht es gut!* Wollen Sie diese Nachricht versenden?"

"Ja. So versenden."

"Bitte nennen Sie mir den Empfänger!"

"mathilda@murnaufamily.de"

"Das versenden dieser Nachricht kostet einen Communication-Token. Ihr aktueller Kontostand beträgt vier Communication-Token. Wollen Sie diese Nachricht versenden?"

"Bitte."

"Ihre Nachricht wurde versandt. Ihr aktueller Kontostand beträgt drei Communication-Token. Wollen Sie eine weitere Nachricht versenden?"

"Nein, alles gut. Danke."

Durch den unruhigen Schlaf fühlte ich mich wenig erholt. Um dem Unwohlsein entgegenzusteuern, entschied ich mich dazu, ein wenig laufen zu gehen. Ich zog mir Ezras Sportsachen an, fuhr mit dem Aufzug nach unten und verließ die Lobby über den seitlichen Ausgang, der zum großen See führte. Die Nacht über hatte es geschneit und man konnte die Wege nur grob erkennen. Ich wärmte mich kurz auf, dann lief ich los. Obwohl es noch recht früh am Tag war, waren bereits einige Bewohner unterwegs: Nach wenigen Metern überholte ich ein Pärchen, das sich lautstark über etwas stritt; unweit vom Weg stand eine Gruppe junger Männer, die mit irgendwelchen Messgeräten einen Baum auf und ab fuhren; im kleinen Waldstück spielte ein junger Mann mit einem Hund, dessen Hinterbeine mechanische Prothesen waren. Ich lief den ersten Kilometer durch das kleine Waldstück und den zweiten durch das große. Als ich das große Waldstück wieder verlassen hatte, waren meine Füße nass, aber es störte mich nicht. Ich lief über den Hügel, auf dem im Sommer immer das Krystalis-Festival stattfand, und kam an einen kleinen, künstlichen Teich vorbei, der beheizt zu sein schien. Ich kam gerade am großen See an, als ich hinter mir ein leises Summen hörte. Ich dachte mir nichts dabei und lief weiter. Als das Summen jedoch lauter und seltsam mehrstimmiger wurde, drehte ich mich um und sah, dass sich zwei Drohnen in schneller Geschwindigkeit auf mich zu bewegten. Reflexartig rannte ich kurz schneller, dann sprang ich zur Seite und ließ mich fallen. Eine der Drohnen zischte an mir vorbei und flog weiter. Die andere knallte hinter mir in den Schnee und zerschellte.

"Fuck, fuck, fuck", hörte ich jemanden hinter mir rufen. Ich drehte mich um und sah zwei junge Frauen und zwei junge Männer auf mich zu rennen.

"Ist bei dir alles in Ordnung?", fragte einer der jungen Männer.

Ich stand auf, klopfte mir den Schnee ab und sah an mir herab.

"Ja... ich denk schon", antwortete ich.

Die vier waren außer Atem und sahen mich mitleidig, aber auch leicht beschämt an.

"Es tut mir... es tut uns *so* leid! Bist du auch sicher, dass dir nichts passiert ist?"

"Jaja, alles klar. Aber eurer Drohne geht es nicht so gut."

Eine der junge Frauen winkte ab und sagte: "Ach, die ist leicht zu ersetzen."

"Was habt ihr denn hier gemacht?"

"Ein Rennen."

"Ein *Rennen*?"

"Siehst du das hier?", fragte die andere junge Frau und tippte auf ein kleines metallenes Blättchen an ihrer Schläfe.

"Ja..."

"Die misst unserer Gehirnströme..."

"...und mit denen steuern wir die Drohnen", ergänzte die andere.

"Oder wir versuchen es zumindest."

"Ihr steuert die Drohnen über eure... Gehirnströme?", fragte ich nach und merkte dabei, dass auch ich ordentlich außer Atem war.

"Ja. Aber das sind ganz einfache Befehle: Auf, ab, links, rechts."

"Einfach, aber noch lange nicht fehlerfrei!"

"Verstehe."

"Einmal in der Woche machen wir mit den neuen Prototypen ein Wettrennen. Normalerweise aber auf dem großen Feld. Heute Morgen war uns dort aber der Schnee zu tief und…"

"Und da dachten wir, wir gehen hier her. Wir hätten allerdings wissen müssen, dass schon Läufer unterwegs sind."

"Sorry nochmal!"

Die zwei jungen Männer gingen zur abgestürzten Drohne. Die andere Drohne kam langsam zu uns herüber geflogen.

"Ist ja nichts passiert", sagte ich.

"War aber knapp!"

Die Drohne landete neben uns und eine der jungen Frauen schaltete sie aus. Dann nahm sie sie hoch und inspizierte sie.

"Naja, ich will euch dann mal nicht weiter stören", sagte ich. "Viel Erfolg noch!"

"Dir auch!", sagten beide gleichzeitig.

Ich band mir die Schnürsenkel und lief weiter. Ich umrundete den großen See ein erstes Mal, und als ich wieder an die Stelle kam, an der die Drohnen beinahe in mich reingerauscht wären, waren die vier bereits wieder verschwunden. Ich umrundete den großen See noch drei weitere Male, dann ging ich zurück zum Schloss.

Nachdem ich eine lange Dusche genommen und mir einen Kaffee gemacht hatte, ging ich ins Studio und bestellte mir ein Curry. Während ich auf das Essen wartete, hörte ich mir noch einmal die Arbeit vom Vortag an. Ich war immer noch sehr zufrieden mit der Arbeit an *Tachypnoe I*, und wusste, wie ich an diesem Tag weitermachen würde. Während ich das Curry aß, bereitete ich Tachypnoe II vor. Ich passte diverse Pegel an, löschte Spuren, die mir unnötig erschienen, und verband *Tachypnoe I* mit *Tachypnoe II*, um einen nahtlosen Übergang zwischen den Stücken herzustellen. Als das Projekt vorbereitet war, hörte ich mir *I* und *II* mehrmals hintereinander an. Etwas störte mich an der Komposition und ich brauchte nicht lange, um herauszufinden, was es war: Der Bass! Beide Stücke waren im 4/4-Takt geschrieben und Ezra setzte die Betonung vom Bass auf den dritten Schlag. Das funktionierte bei *Tachypnoe I* und dem Anfang von *Tachypnoe II* sehr gut, da diese Teile ruhiger waren und der Bass hier das Stück trug, während die anderen Elemente sich noch fanden. Im hinteren Teil von *Tachypnoe II* funktionierte das aber nicht mehr. Der Bass, so fand ich, sollte in diesem Teil keine tragende Rolle mehr spielen, sondern ganz im Gegenteil: Eine zerstörende! Ich löschte die Spur und ging in den Aufnahmeraum. Um die Wirkung zu erzielen, die mir vorschwebte, nahm ich mir einen alten Micromoog aus dem Regal und schloss diesen an einen Orange Bass-Verstärker an. Eine Stunde lang experimentierte ich mit den Einstellungen, bis ich den Sound gefunden hatte, der mir ideal erschien: Breit, verzerrt, kaum Mitten, viel Reverb. Ich brauchte drei Takes, dann hatte ich den Bass aufgenommen. Zurück im Regieraum, schnitt ich die Spur zurecht, passte die Lautstärke an, sodass der Wechsel der Instrumente nur am Klangbild zu hören war, und spielte das Stück ab. Perfekt! Den Bass-Sound würde ich übernehmen für *Tachypnoe III*. Ich holte mir ein Bier aus dem Kühlschrank und öffnete das Projekt für *Tachypnoe III*. *III* war definitiv der Höhepunkt der Trilogie. Die drei Stücke zusammengenommen, dachte ich, würden einen guten ersten Satz für die Sinfonie bilden. Eine letzte Sache störte mich allerdings: *Tachypnoe III* begann mit Rayas Stimme. *64, 32, 16, 3, 3, 3. 64, 32, 16, 3, 3, 3.* Danach begann eine komplizierte Figur, gespielt am Flügel. Würde *Tachypnoe III* einzeln stehen, würde das gut funktionieren, aber mit *I* und *II* davor, funktionierte es nicht. Besser wäre es, dachte ich, wenn gleich die Figur anfangen würde. Das Problem war aber, dass mir Rayas Stimme gefiel. Ich trank das Bier, rauchte eine Zigarette und dachte nach. Vielleicht könnte ich ihre Stimme unter die Figur legen? Oder vielleicht könnte ich den ersten Satz mit ihrer Stimme enden lassen? Beides fühlte sich allerdings nicht richtig an. Ich kopierte die Spur und ließ sie an verschiedenen Stellen abspielen. Nichts passte. Nach einer Stunde dann, kopierte ich die Spur bis ganz an den Anfang, noch vor Tachypnoe I, und drückte auf Play. Das war's! So würde die Sinfonie beginnen! *64, 32, 16, 3, 3, 3. 64, 32, 16, 3, 3, 3.* Euphorisiert von der Erkenntnis, fügte ich nun alle drei Teile zusammen und nahm noch zwei weitere Gitarrenspuren auf, von denen ich fand, dass sie das Klangbild ergänzten. Danach mischte ich ab und hörte mir den kompletten ersten Satz an. Er war perfekt! Vielleicht nicht exakt das, was Ezra im Kopf gehabt hatte, aber ziemlich nah dran.

Als ich in der Nacht mit allem fertig war, hatte ich noch drei weitere Bier getrunken und war glücklich. Wenn ich diese Geschwindigkeit beibehalten könnte, dachte ich, dann sollte ich innerhalb weniger Wochen die erste Version der Sinfonie fertig haben. Ich rauchte noch eine Zigarette, dann ging ich ins Badezimmer und putzte mir die Zähne. In dieser Nacht fühlte ich mich nicht nach der Couch im Studio, ich hatte mir Ezras Bett verdient! Ich war gerade im Schlafzimmer angekommen, als sich die AI meldete. "Herr Escher, Sie haben eine neue Nachricht."

Mathilda, dachte ich.

"Bitte vorlesen!"

"Das Vorlesen dieser Nachricht kostet einen Communication-Token. Ihr aktueller Kontostand beträgt drei Communication-Token."

"Jetzt les schon vor, Aurora!"

"Die Nachricht ist von mathilda@murnaufamily.de. Sie lautet: *Die von Ihnen angegeben Adresse ist falsch oder existiert nicht mehr. Automatisch versendet von: Server.*"

"Bitte?"

"Wollen Sie, dass ich Ihnen die Nachricht ein weiteres Mal vorlese?"

"Ja."

"Die Nachricht ist von mathilda@murnaufamily.de. Sie lautet: *Die von Ihnen angegeben Adresse ist falsch oder existiert nicht mehr. Automatisch versendet von: Server.*"

"Das kann nicht sein", sagte ich. "Wieso sollte Mathilda ihre Familien-Mail gelöscht haben?"

"Diese Frage kann ich leider nicht beantworten", erwiderte die AI.

"Kannst du mir die Email-Adresse noch einmal vorlesen? Vielleicht hab ich einen Fehler gemacht."

Die AI buchstabierte mir die Adresse. Alles war korrekt. Vielleicht musste sie ihre Email ändern, weil irgendjemand diese missbraucht hat? Ja, das muss es sein, dachte ich. In jedem Fall hätten ihre Eltern wahrscheinlich ihre neue Adresse.

"Schreib bitte eine neue Nachricht an mirabelle@murnaufamily. de!"

"Sehr gern, Herr Escher. Ihre Nachricht lautet?"

"Hi Mirabelle! Habe gestern Mathilda eine Mail geschrieben. Anscheinend gibt es ihre Adresse nicht mehr. Hat sie eventuell eine neue?"

"Ihre Nachricht lautet: *Hi Mirabelle! Habe gestern Mathilda eine Mail geschrieben. Anscheinend gibt es ihre Adresse nicht mehr. Hat sie eventuell eine neue?* Wollen Sie diese Nachricht versenden?"

"Ja, schick sie raus."

"Das versenden dieser Nachricht kostet einen Communication-Token. Ihr aktueller Kontostand beträgt zwei Communication-Token. Wollen Sie die Nachricht versenden?

"Jetzt schick sie endlich ab!"

"Ihre Nachricht wurde versendet."

"Beknackte AI…", sagte ich und ließ mich aufs Bett fallen. Keine fünf Minuten später war ich eingeschlafen.

XXXI

Ich hörte dem Rauschen der Wellen zu und sah aufs Meer hinaus. Es roch nach Zitronen und Oliven. Ich fühlte mich ganz schwer und wusste, dass ich bald einschlafen würde. Ezra kam aus dem Wasser und hatte einen alten iPod in der Hand.

"Was hast du da?", fragte ich.

"Ich habe nur etwas aufgenommen."

"Im Wasser?"

"Ja. Die Fische! Sie haben gesungen."

Ich nickte.

"Und du? Wie war die Suche?"

"Die Suche?", fragte ich.

"Hast du nicht nach etwas gesucht?"

"Ich kann mich nicht erinnern."

"Du musst dich beeilen! Bald geht die Sonne unter und ich werde nichts mehr erkennen können."

XXXII

Als ich aufwachte, war mir schwindelig und ich war kurz davor mich zu übergeben. Ich fühlte meine Stirn: Sie war warm und feucht. Ich griff neben mich, auf der Suche nach einem Kissen, und stellte fest, dass das ganze Bett feucht war.

"Licht… Licht", stammelte ich.

Die Raumbeleuchtung ging langsam an und ich sah, dass ich mich bereits ins Bett übergeben hatte.

"*Fuck!*… Au… Aurora?"

"Guten Morgen, Herr Escher. Es ist 4:47 Uhr. Möchten Sie bereits aufstehen?"

"Aurora, mein Bett… mein Bett ist dreckig. Außerdem fühle ich mich nicht besonders."

"Wollen Sie, dass ich Ihnen einen Arzt bestelle?"

"Nein, nein… schon gut. Aber jemanden, der das Bett saubermacht. Bitte!"

"Gern. In weniger als fünf Minuten sollte eine Reinigungskraft hier sein."

Ich versuchte aufzustehen, aber meine Beine waren zu schwach, also blieb ich noch einen Moment sitzen. Was war nur passiert? Hatte ich etwas Falsches gegessen? Doch zu viele Biere am Abend getrunken? Oder waren es noch Nachwirkungen von der Droge, die ich beim Mitternachtsball genommen hatte? Nachdem ich mich ein wenig gefangen hatte, stand ich auf und ging ins Bad, um das Erbrochene von meinem Körper zu waschen. Als ich nach einer Viertelstunde zurück ins Schlafzimmer kam, war die Bettwäsche gewechselt und alles wieder sauber. Ich schaute in Richtung Wohnzimmer und sah, wie sich die Wohnungstür schloss. Dann ging ich in die Küche, um mir einen Kaffee zu machen.

"Ich würde Ihnen einen Tee empfehlen, Herr Escher", sagte die AI. "Der Konsum von Koffein könnte Ihren Körper noch weiter schwächen."

"Weißt du was, Aurora?"

"Nein, Herr Escher."

"Ich glaub, du hast recht."

"Ich empfehle Ihnen einen…"

"Ich nehm einen grünen Tee. Danke."

"Wie Sie wünschen."

Die Box, die auch den Kaffee zubereitete, ging an und keine zwanzig Sekunden später stand eine Tasse mit frischgebrühten Tee darunter. Ich wollte die Tasse schon herausnehmen, aber dann sagte die AI: "Bitte warten Sie noch eine Minute."

"Wie du meinst."

Ohne darüber nachzudenken, fast nebensächlich, fragte ich: "Sag mal, Aurora: Hab ich irgendwelche Nachrichten bekommen?"

"Ja, Herr Escher. Sie haben eine neue Mail."

Ich war überrascht.

"Ach ja? Von wem?"

"Das Abhören der Nachricht kostet einen Communication-Token. Ihr Kontostand beträgt einen Communication-Token. Wollen Sie die Nachricht abhören?"

"Kannst du mir nicht mal *sagen*, von wem sie ist, ohne nach diesen Token zu verlangen?"

"Nein, Herr Escher."

"Okay. Dann les vor."

"Von mirabelle@murnaufamily.de. Die Nachricht lautet: *Hallo! Ja, mein Mann und ich haben die Email-Adresse unserer Tochter gelöscht, da sie vor nunmehr mehr als einem Jahr verstorben ist. Wir hatten uns zu diesem Schritt entschlossen, weil sie täglich noch Mails erhielt, die aber alle unbeantwortet blieben. Mit freundlichem Gruß, Mirabelle Murnau.*"

Plötzlich verlangsamte sich meine Wahrnehmung. Meine Finger wurden taub und mir wurde kalt. Es fühlte sich an, als hätte mir jemand auf den Kopf geschlagen.

"Bitte… was?", sagte ich und starrte dabei auf die dampfende Tasse Tee.

"Möchten Sie, dass ich Ihnen die Nachricht ein weiteres Mal vorlese?"

"J… ja."

"*Hallo! Ja, mein Mann und ich haben die Email-Adresse unserer Tochter gelöscht, da sie vor nunmehr mehr als einem Jahr verstorben ist. Wir hatten uns zu diesem Schritt entschlossen, weil sie täglich noch Mails erhielt, die aber alle unbeantwortet blieben. Mit freundlichem Gruß, Mirabelle Murnau.*"

Verstorben? Mathilda war nicht verstorben. Ich hatte sie doch vor ein paar Wochen noch gesehen! Ich spürte, wie mir erneut übel wurde und keine Sekunde später übergab ich mich auf den Küchentresen.

"Das… das kann nicht sein."

"Kann ich Ihnen helfen, Herr Escher?"

"Mathilda… die Email… Bist du sicher, dass das die Nachricht von Mirabelle Murnau ist?"

"Der Absender ist mirabelle@murnaufamily.de. Die selbe Adresse, an die sie gestern eine Mail geschickt hatten."

"Aber Mathilda ist doch nicht tot! Was… was soll das?"

"Auf diese Frage, habe ich leider keine Antwort."

"Schreib zurück, dass ich nicht verstehe, was sie meint. Frag sie, ob das ein Scherz sein soll!"

"Das Versenden einer Nachricht kostet einen Communication-Token. Ihr aktueller Kontostand beträgt Null Communication-Token. Ich kann Ihre Nachricht leider nicht versenden."

"*Bullshit!* Jetzt schick sie schon!"

"Ihr aktueller Kontostand beträgt Null Communication-Token. Ich kann Ihre Nachricht leider nicht versenden. Bitte wenden Sie sich an die Administration."

"Verbinde mich mit Frau Kollwitz!", sagte ich. Dann ging ich zum Kühlschrank und nahm mir ein Bier heraus.

"Frau Kollwitz bevorzugt es nicht, vor fünf Uhr morgens angerufen zu werden. Möchten Sie ihr stattdessen eine Nachricht zukommen lassen?"

"Ruf sie an!"

Ich nahm einen Schluck von dem Bier und zündete eine Zigarette an. Nach ungefähr einer halben Minute meldete sich Klara Kollwitz.

"Ja…? Herr Escher? Was kann ich um diese Uhrzeit für Sie tun?"

"Ich brauche mehr von diesen Communication-Token! Ich muss ein paar Mails schreiben."

"Haben Sie… haben Sie ihre Token bereits verbraucht?"

"Ja! Sonst würde ich Sie ja jetzt nicht kontaktieren."

"Es tut mir leid, Herr Escher: Sie erhalten zwei Token pro Woche. Sollten Sie diese verbraucht haben, müssen Sie sich ein paar Tage gedulden."

"Hören Sie, es ist ein Notfall! Ich muss *jetzt* mit jemandem schreiben."

"Es tut mir leid, Herr Escher, aber das sind unsere Regeln. Diesen Regeln haben Sie zugestimmt, als sie sich dazu entschlossen haben, auf Krystalis zu bleiben."

"Aber es ist ein Notfall!"

"Was ist denn passiert, wenn ich fragen darf?"

Ich nahm einen Schluck von dem Bier. Dann sagte ich: "Ich wollte eine alte Freundin kontaktieren, aber ihre Mail existiert nicht mehr. Jetzt sagt mir ihre Mutter, dass die Freundin seit einem Jahr tot ist! Das kann aber nicht sein, da ich sie vor ein paar Wochen noch gesehen habe. Irgendwas stimmt hier nicht. Irgendwas stimmt hier ganz und gar nicht…"

"Jetzt beruhigen Sie sich erst einmal, Herr Escher. Ich bin mir sicher, dass sich die Situation bald aufklären wird."

"Ach ja?"

"Wollen Sie, dass ich Ihnen einen Psychologen vorbei schicke?"

"Ich brauche keinen Psychologen! Ich brauche einen dieser verdammten Token!", schrie ich und schlug auf den Tresen. "Aurora, leg auf!"

Die Verbindung wurde getrennt.

Ich ging hinüber zur Couch und setzte mich. Als ich das Bier ausgetrunken hatte, fragte ich: "Aurora, kannst du mir ein Taxi bestellen? Ein Taxi in die Stadt?"

"Ich befürchte nicht, Herr Escher. Sie können Krystalis im Moment nicht verlassen."

"Ich kann Krystalis im Moment nicht verlassen?"

"Nein, Herr Escher."

"*Wieso?*"

"Sie können Krystalis im Moment nicht verlassen."

Ich stand auf und ging zum Kleiderschrank. Ich suchte nach meiner Kleidung, konnte sie aber nicht finden. Stattdessen nahm ich mir einen von Ezras Anzügen und zog ihn an. Darüber zog ich einen seiner Mäntel. Ich war gerade zurück im Wohnzimmer, als die Wohnungstür aufging und ein Security-Mitarbeiter sowie der junge Arzt, der mir die Vitaminpräparate verschrieben hatte, hereinkam.

"Guten Morgen, Herr Escher", sagte der Arzt. "Frau Kollwitz hat mich informiert, dass sie etwas… aufgebracht sind."

"*Aufgebracht?* Ich bin nicht aufgebracht. Ich würde nur gerne Krystalis verlassen. Das ist alles."

"Okay, Herr Escher. Kein Problem! Aber wollen Sie nicht ein paar Stunden warten? Es ist noch dunkel draußen und wir haben unverhältnismäßig starken Schneefall momentan."

"Lassen Sie mich einfach gehen, okay?"

"Herr Escher, warum setzen Sie sich nicht noch eine Weile hin? In ein paar Stunden sieht die Welt schon anders aus."

"Ich denke nicht. Bitte gehen Sie aus dem Weg!"

"Ich befürchte, das können wir nicht tun."

Der Arzt nickte dem Security-Mitarbeiter zu. Dieser kam zu mir herüber und hielt mich fest.

"Hey! *Was soll das?*", schrie ich.

"Herr Escher, bitte! Sie haben eine psychotische Episode."

Der Arzt holte ein quadratisches Gerät aus seiner Tasche und hielt es an meinen Arm. Keine drei Sekunden später verlor ich das Bewusstsein.

XXXIII

Ich stand auf einer Wiese und in der Ferne brannten die Berge. Ezra stand neben mir und hielt meine Hand.

"Habe ich dir je erzählt, woher mein Talent kommt?", fragte er.

"Ich kann mich nicht erinnern."

"Ein Strassenmusiker hat es mir vermacht, als ich 10 Jahre alt war. Es geschah während eines Ausflugs mit meinem Vater nach Leipzig. Nahe der Universität spielte ein junger Mann den amerikanische Blues. Mein Vater konnte mit der Musik nichts anfangen und drängte mich zum Weitergehen, aber ich war ganz verzaubert von dem Spiel. Der Musiker bemerkte mich und kam zu uns herüber. Er sah mir in die Augen und fragte, ob ich nicht auch mein Leben der Musik widmen möchte. Nur 50 Cent, hatte er gesagt, dann würde er mir sein Talent vermachen. Einen besseren Deal würde ich mein Leben lang nicht bekommen! Mein Vater lachte, aber ich nickte und gab dem Musiker das Geld."

"Warum hast du mir davon nie erzählt?"

"Du musst dich beeilen. Bald wird sich alles auflösen."

"Alles?", fragte ich nach, aber da war Ezra auch schon verschwunden.

Ich war allein und das Universum stand in Flammen.

XXXIV

Ich wachte erst am späten Nachmittag wieder auf. Meine Sicht war verschwommen, und ich brauchte eine Weile, bis ich realisierte, wo ich war: Ich lag in Ezras Bett.

"…Gefäßverengungen im Hippocampus. Mit Sicherheit Nebenwirkungen der Behandlung…", hörte ich jemanden sagen.

Ich drehte mich um. Neben mir saß der junge Arzt und sprach in seine ID. Als er bemerkte, dass ich meine Augen geöffnet hatte, steckte er seine ID weg und sagte: "Oh! Hallo, Herr Escher! Wie fühlen Sie sich?"

"Ich… was haben Sie mit mir gemacht?"

"Wir haben Ihnen am Morgen ein Beruhigungsmittel verabreicht. Erinnern Sie sich?"

"Ja… ja, ich erinnere mich. Sie wollten mich nicht gehen lassen."

"Das stimmt. Wir hätten Sie unmöglich in diesem Zustand gehen lassen können. Sie waren ganz aufgelöst!"

"Kann… kann ich *jetzt* gehen? Ich habe etwas Dringendes zu erledigen."

Der junge Arzt sah nach draußen.

"Herr Escher, selbst wenn ich sagen könnte, dass Sie in der Verfassung sind, um das Haus zu verlassen: Im Moment ist es leider unmöglich vom Gelände zu kommen. Es hat den ganzen Tag geschneit. Wir könnten Sie höchstens mit dem Helikopter in die Stadt bringen, aber selbst das…", er drehte sich wieder zu mir und sah mir in die Augen. "Sind Sie sicher, dass Sie das wollen? Warum wollen Sie Krystalis überhaupt verlassen?"

"Ich… ich muss mich um ein paar Sachen kümmern. Es ist wichtig!"

"Und die können Sie nicht vorerst über digitale Kommunikationswege klären? Müssen Sie dafür *wirklich* vom Gelände?"

"Ich habe keine dieser Tokens mehr! Frau Kollwitz hat gemeint, dass ich erst in der nächsten Woche neue bekomme und…"

"Verstehe. Passen Sie auf, ich mache Ihnen ein Angebot: Sie versprechen mir, dass Sie sich erstmal hier bei uns auskurieren - Ihr Verhalten heute Morgen und ihre Blutwerte sagen ganz klar, dass sie erschöpft sind! Im Gegenzug verspreche ich Ihnen, dass ich bei Frau Kollwitz ein paar Communication-Token für Sie besorge. Was sagen Sie?"

"K… Können Sie das?"

"Ich denke schon."

Ich sah nach draußen: Das ganze Land war weiß. Weder Bäume, noch Strassen, noch Seen, noch Häuser waren zu erkennen.

"Na… na gut. Ich bleib noch ein paar Tage hier. Ich fühlte mich wirklich nicht besonders."

"Das freut mich zu hören! Wie geht es eigentlich mit Ihrer Arbeit voran?"

"Die Sinfonie?"

"Ja."

"Ganz… okay, schätze ich. Ich habe in den letzten Tagen… Fortschritte gemacht."

"Sehen Sie: Alleine deshalb lohnt es sich doch hier zu bleiben!"

Ich erwiderte nichts.

Der junge Arzt sah auf seine Armbanduhr, dann sagte er: "So, ich muss mich dann noch um einen anderen Patienten kümmern. Bitte melden Sie sich bei mir, wenn Sie etwas brauchen! Okay?"

"Okay…"

Er nahm seine ID und seine Tasche und verließ das Schlafzimmer. Nachdem sich die Wohnungstür geschlossen hatte, stand ich auf und ging ins Bad. Ich wusch mir das Gesicht, dann sah ich in den Spiegel: Ich sah fürchterlich aus! Meine Augen waren rot und meine Wangen ganz gelb. Ich fragte mich, ob ich mit irgendetwas eingeschmiert wurde oder ob die Farbe von einer Mangelerscheinung kam. *Mathilda, wo bist du?* Vielleicht wollte sie nichts mehr mit mir zu tun haben und hatte ihrer Mutter gesagt, dass sie mich abwimmeln soll. Aber warum erfinden, dass sie verstorben sei? Alles ergab keinen Sinn.

Ich ging ins Studio und hörte mir den ersten Satz an. *Tachypnoe.* Die ganze Zeit dachte ich an Mathilda und Ezra. Dann fiel mein Blick plötzlich auf die Spur mit Rayas Gesang. *Raya!* Vielleicht würde sie mir helfen können. Wenn einer hier im Haus weiß, was vorgeht, dann sie.

"Aurora, gibt es neue Nachrichten für mich?"

"Nein, Herr Escher. Sie haben keine neuen Nachrichten."

Ich wusste immer noch nicht, wo sich diese Raya aufhielt und eine Befugnis, die Datenbank zu durchsuchen, hatte ich ebenfalls nicht. Ich musste auf anderem Wege herausfinden, wo sie war.

"Aurora, gibt es im Haus Abendessen?"

"Sie können Abendessen in die Wohnung bestellen oder einen unserer Restaurantbereiche aufsuchen."

"Der nächste Restaurantbereich ist in der 6. Etage?"

"Korrekt."

Ich stand auf und zog mich an: Eine von Ezras schwarzen Jeans und einen weißen Krystalis Kapuzen-Sweater. Danach steckte ich eine Packung Zigaretten ein und verließ die Wohnung.

Es war kurz nach 20 Uhr und der Restaurantbereich war komplett gefüllt. Ich war überrascht, wie viele Bewohner des Hauses ihr Essen gemeinsam zu sich nahmen. Ich ging zum Tresen und bestellte mir ein Bier. Während ich auf das Bier wartete, schaute ich mich nach einem bekannten Gesicht um und hatte tatsächlich Glück: An einem der Tische bei den Fenstern saß dieser Ben, der junge Mann, den ich am ersten Abend auf Krystalis kennengelernt hatte. Ohne das Bier entgegenzunehmen, ging ich ihm hinüber. Als Ben mich erkannte, sah er mich zunächst überrascht an, dann lächelte er und winkte mir zu. Ihm gegenüber saß eine junge Frau, die ich nicht kannte.

"Hi!", sagte ich, als ich beim Tisch ankam.

"Hey… hey! Was für eine Überraschung! Dich hab ich ja seit dem Mitternachtsball nicht gesehen!"

"Wir haben uns beim Mitternachtsball gesehen?"

"Erinnerst du dich nicht?"

"Der Abend ist etwas verschwommen."

"Egal. Wie geht's dir?"

"Ich… äh…", sagte ich und sah mich nach einen freien Stuhl um, den ich an den Tisch rücken könnte.

"Willst du… willst du dich setzen?", fragte die junge Frau.

"Nein, eigentlich…"

"Schon gut! Ich wollte eh gerade gehen."

Sie stand auf und sagte zu Ben: "Sei bitte morgen pünktlich! Ich will nicht nochmal zwei Stunden mit den beiden allein im Raum verbringen müssen!"

"Ich versprech's. Sorry nochmal!"

"Jaja…"

Die junge Frau nahm ihren Teller und ging. Ich setzte mich Ben gegenüber.

"Was macht das Leben?", fragte er.

"Ich muss dich was fragen…"

Er sah mich nervös an.

"Geht's dir… *gut*? Du siehst irgendwie… fertig aus."

"Ich hatte eine seltsame Nacht", erwiderte ich.

"Du solltest dich vielleicht hinlegen. Ich hoffe, du bist nicht krank! Und noch mehr, dass es nicht ansteckend ist. Ich bin mitten in einem wichtigen Projekt und kann mir…"

"Nein", unterbrach ich ihn. "Ich bin nicht krank. Hör mal: Kennst du vielleicht eine gewisse Raya Ravel?"

Ben sah auf seinen Teller und überlegte.

"Raya?", fragte er, ohne aufzusehen.

"Ja! Kennst du sie?"

"Also ich… nein, ich befürchte, ich kenne niemanden mit diesen Namen."

"Bist du sicher?", fragte ich noch einmal nach.

Dann griff Ben plötzlich mit seiner linken Hand mein Handgelenk und mit seiner rechten Hand holte er einen Bleistift aus seinem Arbeitskittel.

"Lass mich überlegen…"

Er wischte die Essensreste auf seinem Teller zur Seite.

"Raya, sagst du?"

"Ja! Kennst du sie?"

Dann begann er zu schreiben.

"Nein, also der Name…"

Erst einen Buchstaben, dann einen zweiten.

"Der Name sagt mir wirklich nichts."

Dann drehte er den Teller um. *Étienne!* hatte er darauf geschrieben. Ben sah mir in die Augen und nickte. Dann verwischte er den Namen wieder und sagte: "Nein, also eine Raya kenne ich nicht. Vielleicht solltest du mal die Führung fragen."

"O... okay", erwiderte ich. "Mach ich. Danke trotzdem."

"Nicht dafür, mein Freund!"

Étienne. Der Étienne, der mir in der Nacht des Mitternachtsballs die Droge gegeben hatte. Ich erinnerte mich: Research Floor, Raum B-irgendwas. Er hatte mir angeboten, ihn dort einmal zu besuchen.

"Ähm... naja, ich muss dann auch mal wieder an die Arbeit", sagte ich und stand auf.

"Ja, gute Idee! Ich werd mich auch gleich nochmal ran setzen. Ist ja noch früh am Abend, nicht wahr? Viel Erfolg!"

"Da... danke! Dir auch!", sagte ich.

Ich setzte mir die Kapuze auf und verließ den Restaurantbereich.

Wieder bei den Aufzügen angekommen, suchte ich auf dem Monitor nach dem Research Floor. Ich musste dafür in die 3. Etage fahren, einmal um den Kern des Haupthauses herum und dann mit dem Aufzug auf der anderen Seite zur Etage -1. Ich rief den Aufzug und stieg ein.

Als ich den Aufzug verließ, stand ich auf einen sterilen, für Krystalis-Verhältnisse relativ schmalen aber dafür langen Gang, von dem Türen links und rechts abgingen. Auf der linken Seite befanden sich die Räume mit dem Buchstaben A, auf der rechten, die mit dem Buchstaben B. In jeder Tür waren Bildschirme eingelassen, die anzeigten, für was und von wem der Raum in diesem Moment benutzt wurde. Ich musste den Gang gute zweihundert Meter nach hinten durch gehen, bis ich an der Tür von Raum B-7 angekommen war und lesen konnte: *Currently operated by Dr. Étienne Ernst. Please do not disturb!* Bingo! Die Tür hatte keine Klinke. Ich klopfte und wartete ein paar Sekunden. Keine Reaktion. Ich hielt meine ID an die Tür, aber nichts passierte. Dann klopfte ich ein zweites Mal und dann ein drittes. Dann hörte ich eine männliche Stimme auf der anderen Seite rufen: "Immer mit der Ruhe! Ich komm ja schon!"

Die Tür ging auf und Étienne stand vor mir. Er war ganz in weiß gekleidet und trug darüber einen durchsichtigen Mantel, der aussah, wie ein Regencape.

"Oh…", sagte er, als er erkannte, wer vor ihm stand. "Was machst *du* denn hier?"

"Étienne… ich… ich muss mit dir reden."

Er sah mich zunächst geschockt, dann enttäuscht an. Dann fragte er: "Du musst mit *mir* reden? Bist du dir sicher? Hat es was mit der Behandlung…?"

"Behandlung? Nein, ich… kennst du eine Raya?"

Étienne fuhr sich mit dem Unterarm über die Stirn. Er sah zugleich erleichtert wie nervös aus.

"Raya?"

"Ja."

Étienne fasste mir auf die Schulter und sah mir in die Augen.

"Warte kurz hier, okay?"

Étienne ging zurück ins Labor und schloss die Tür hinter sich. Ohne darüber nachzudenken, holte ich eine Zigarette aus der Packung und zündete diese an. Ich hatte gerade den ersten Zug genommen, da stand Étienne wieder vor mir. Diesmal ohne den Mantel, dafür aber mit dem selben Kapuzen-Sweater, den auch ich trug.

"Sag mal, spinnst du? Du kannst hier nicht rauchen!"

Er schlug mir die Zigarette aus der Hand und trat sie aus. Dann fasste er mich am Handgelenk und sagte: "Komm mit!"

Étienne führte mich zum Ende des Gangs und dann in ein Treppenhaus. Dieses gingen wir drei Etagen nach oben, dann betraten wir einen kleinen Flur, den wir wieder bis zum Ende durchgingen. Wir gingen durch eine Tür auf der rechten Seite und waren plötzlich in einer kleinen Küche. Zumindest sah es wie eine Küche; im Raum befand sich ein Herd, eine Spüle, ein Kühlschrank. Allerdings keinerlei Sitzmöglichkeiten. Étienne schloss die Tür hinter sich, dann sagte er: "Okay. Hier sollten wir ungestört reden können. Ich bin mir zwar sicher, dass dieser Trakt ebenfalls überwacht wird, aber vermutlich werden Tage vergehen, bis jemand die Aufzeichnungen scannt."

"Wieso… wieso konntest du nicht unten mit mir reden?"

Étienne schüttelte den Kopf.

"Du stehst echt auf dem Schlauch, oder?"

"Was ist hier eigentlich los?"

"Kann ich eine von deinen Zigaretten haben?"

"Ähm… klar."

Ich holte die Packung heraus, gab Étienne eine davon und zündete sie für ihn an. Er war die erste Person auf Krystalis, die ich rauchen sah.

"Um deine erste Frage zu beantworten: Ja, ich kenne eine Raya. Genauso wie du eine Raya kennst. Hab ich Recht?"

"Ja. Ich hab sie in der Nacht des Mitternachtsballs kennengelernt."

Étienne sah zu Boden und nickte.

"Beim Mitternachstsball also…"

"Ja. Glaube ich zumindest. Kannst du mir sagen, wo sie ist? Oder mich vielleicht sogar zu ihr bringen? Ich muss sie etwas fragen. Es hat mit einer Freundin von Ezra und mir zu tun."

Étienne sah mir in die Augen.

"Nein", sagte er. "Nein, ich werde dich definitiv nicht zu Raya bringen."

"Wieso nicht?"

"Weil Raya dir nicht helfen kann. Die Antworten auf deine Fragen befinden sich in der Everbox. Du weißt, welche ich meine…"

"Ja. Die mir Ezra hinterlassen hat. Aber ich habe keine Ahnung, wie ich sie öffnen soll!"

"Es gibt nur einen Weg, sie zu öffnen. Und du kennst ihn."

"Nein, ich…", begann ich, aber genau in diesem Moment realisierte ich: Natürlich! Die Sinfonie!

"Ich… Ich muss die Sinfonie zu Ende bringen?"

"Die Everbox reagiert auf ein biochemisches Signal, welches du aussenden wirst, sobald du die Aufgabe abgeschlossen hast. Mehr kann ich dir nicht sagen. Mehr *darf* ich dir nicht sagen! Darauf hatten wir uns geeinigt."

"Wer ist *wir*? Du und Raya? Von wem sprichst du?"

"Bring einfach deine Aufgabe zu Ende, okay? Dann werden alle deine Fragen beantwortet."

Étienne nahm einen weiteren Zug von der Zigarette, dann schmiss er sie auf den Boden und drückte sie aus.

"Ich muss zurück ins Labor. Wir waren gerade in einem wichtigen Meeting."

Er ging an mir vorbei zur Tür, doch bevor er diese öffnen konnte, packte ich ihn am Arm.

"Du kannst mich doch nicht einfach so hier stehen lassen, Étienne!"

Er sah mich mitleidig an.

"Mach einfach deine Arbeit, okay? So wie wir alle hier."

XXXV

Wir spielten in Brooklyn. Es war der letzte Abend vor der Tour-Pause. Nach der Show nahmen wir jeder eine Pille und liefen durch die Strassen. Es war Sommer und wir waren glücklich. In einer Bar lernten wir zwei Mädchen kennen, die auch bei der Show waren. Gemeinsam mit ihnen nahmen wir jeder noch eine Pille, dann nahmen wir sie mit auf unser Hotelzimmer. Am nächsten Morgen wachten wir auf und fanden eine Nachricht von Mathilda auf dem Schreibtisch: *Bin nach New York gekommen, um euch zu überraschen. Wie ich sehe, kommt ihr auch ohne mich klar. Macht euch noch eine gute Zeit mit den Mädchen, M.*

XXXVI

Die Tage kamen und gingen, ohne dass ich sie bemerkte. Im Studio war immer Nacht. An manchen Tage aß ich, an manchen nicht. In manchen Nächten schlief ich, meistens nicht. Ich deaktivierte alle Uhren und arbeitete: Aufgabe für Aufgabe, Spur für Spur, Stück für Stück. Ich arbeitete und arbeitete und arbeitete. Die einzige Befriedigung bekam ich davon, wieder einen Teil der Sinfonie abgeschlossen zu haben. Ich nahm Gitarren, Klaviere, Schlagzeug und Gesang auf; ich programmierte Synthesizer und Drum-Machines; ich manipulierte Frequenzen und kreierte Effekte; ich mischte und mischte neu, ich schnitt und verwarf; ich löschte ganze Stücke, nur um sie selbst noch einmal komplett neu aufzunehmen. Und dann, eines morgens, ich hatte gerade einen Bassdrum-Sound so moduliert, dass dieser mit der Fagott-Figur verschmolz, lehnte ich mich im Sessel zurück und stellte fest: Die dreiunddreißig Titel Ezras waren zu vier Sätzen geworden. Alle Spuren konnten in Partituren für vierundzwanzig Musiker umgewandelt werden. Ich hatte es tatsächlich geschafft: Die Sinfonie war abgeschlossen.

Ich öffnete den Kalender am Mischpult. Ich hatte über einen Monat gearbeitet, über einen Monat das Studio und die Wohnung nicht verlassen. Ich stand auf und ging in die Küche. Ich nahm mir ein Bier aus dem Kühlschrank und öffnete es. Ich stellte mich ans Fenster, nahm einen Schluck und dann einen zweiten.

"Und? Bist du zufrieden?"

Dann musste ich plötzlich an unseren letzten gemeinsamen Auftritt denken: Die dritte große Tour lag hinter uns und wir spielten zum Abschluss eine kleine Show für Musikindustrie-Insider in Shoreditch. Wir waren nur zu dritt unterwegs - kein Manager, kein Sound Engineer, niemand fürs Merchandise; nur Mathilda, Ezra und ich. Das Set war keine 15 Minuten lang, aber die Zugabe fast zwei Stunden. Als letztes Stück spielten wir eine Version von *Woodstock III* nur mit der Gitarre. Das Stück war normalerweise nur 7:22 Minuten lang, aber wir dehnten es auf fast 30. Wir spielten uns in so eine Trance, dass sowohl wir wie auch das Publikum jegliche Zeit vergaß. Als wir dann endlich von der Bühne kamen, waren wir nass und unsere Beine wackelten so sehr, dass wir kaum mehr aufrecht gehen konnten. Wir hatten uns noch nie so erschöpft, aber auch noch nie so glücklich gefühlt. Wir reichten uns ein Handtuch und gingen hinunter in den Backstage. Mathilda schloss die Tür hinter sich und vergewisserte sich, dass diese zugeschlossen war. Dann fassten wir Mathilda an der Hüfte, zogen sie zu uns heran und küssten sie. Wir küssten uns und küssten uns und küssten uns. Menschen klopften an die Tür, aber wir reagierten nicht. Irgendwann ließen wir Mathilda los und flüsterten: "Egal, was auch passiert. Ich werde dich immer lieben, Mathilda."

Und Mathilda flüsterte zurück: "Egal, was auch passiert. Ich werde dich immer lieben, Ezra."

Und plötzlich stand ich wieder in der Küche. Alles war still und ich begriff alles. Ich lies die Flasche fallen und rannte zurück zum Studio. Ich schaute auf den Tisch und sah, dass es passiert war: Die Everbox hatte sich geöffnet. In ihr befand sich ein einziger Brief. Ich nahm ihn heraus und faltete ihn auf.

Mein liebster Freund,

wenn du diese Zeilen hier liest, heißt es, wir haben es wirklich geschafft: Die Sinfonie ist vollendet, unsere Arbeit abgeschlossen. Wir können stolz auf uns sein! Das heißt aber auch, dass der Eingriff erfolgreich gewesen war und ich dir eine Erklärung schuldig bin.

Nach dem Selbstmord von Mathilda sah ich mich außer Stande weiterzumachen, weiterzuarbeiten, weiterzuleben. Sie war unser bester Freund und unsere große Liebe gewesen, und sie für Krystalis zu verlassen, der schlimmste Fehler unseres Lebens. Über die genauen Umstände ihres Todes weiß ich wenig (vielleicht weißt du mittlerweile

mehr?), nur dass sie bereits einige Tage tot war, als man sie in ihrer
Wohnung fand. Nachdem ich von ihrem Tod erfahren hatte, ver-
ließ ich das Studio über viele Wochen nicht. Ich versuchte mich mit
Arbeit abzulenken, nahm Beruhigungsmittel und redete mit Psycho-
logen - alles ohne Erfolg. Mit jeder Stunde wurden meine Gedanken
dunkler, und mit jedem Tag entfernte ich mich weiter und weiter vom
Abschluss der Sinfonie. Selbst die wenigen Freunde, die ich hier auf
Krystalis gefunden hatte, konnten mir nicht helfen. Dann, nach fast
drei Monaten Finsternis, bat ich Adrian um Hilfe. Er unterrichtete
mich darüber, dass Dr. Étienne Ernst und sein Team ein Verfahren
zur Erinnerungsmanipulation entwickelt hatten und dass er Freiwilli-
ge für eine erste Testphase suchte.

Die beiden wussten über Mathildas Schicksal Bescheid und boten
mir an, Erinnerungen an sie auszutauschen, gar temporär zu löschen,
damit ich wieder arbeiten konnte. Ich musste nicht lange darüber
nachdenken und nahm das Angebot an. Vielleicht denkst du jetzt,
dass es feige von uns war, dass wir uns Mathildas Tod und unserer
Schuld daran nicht gestellt haben, und vielleicht hast du recht damit.
Aber damals sah ich keinen anderen Weg.

Beim ersten Versuch wurden nur die Erinnerung an Mathildas
Tod gelöscht. Der Versuch scheiterte nach wenigen Tagen. Beim zwei-
ten Versuch, änderten wir die Beziehung, die wir zueinander hatten.
Wir machten Mathilda zu einer flüchtigen Bekanntschaft, jemanden
mit dem ich kaum mehr als einen Tag verbracht hatte. Auch dieser
Versuch scheiterte. Beim dritten Versuch, löschten wir Mathilda ganz
aus meiner Erinnerung. Das ging für mehrere Wochen gut, dann er-
schien sie mir in Träumen, bei der Arbeit, ich sah sie im Spiegel und in
anderen Menschen. Auch dieser Versuch musste abgebrochen werden.
Ein letztes Mal wollten Étienne, sein Team und ich es noch probie-
ren. Ein letzter, radikaler und riskanter Versuch. Bei diesem Versuch
sollte nicht Mathilda aus der Erinnerung verschwinden, sondern ich
selbst. Die eigene Persönlichkeit ersetzt durch die eines fiktiven besten
Freunds. Wenn du diese Zeilen liest, dann ist es uns tatsächlich gelun-
gen.

Ich hoffe, du bist mir nicht böse für das, was ich getan habe. Wisse nur, dass ich in unserem besten Interesse gehandelt habe.

Für immer Du,

Ezra

Ich fühlte mich, wie als wäre jede einzelne Zelle meines Körpers vergiftet worden. Für eine Weile konnte ich mich nicht bewegen. Meine Augen gingen wieder und wieder über den Brief, in der Hoffnung, dass ich etwas falsch verstanden hatte; in der Hoffnung, dass sich der Inhalt vielleicht ändern würde. Aber der Inhalt änderte sich nicht. Als ich meine Beine wieder spürte, rannte ich aus der Wohnung.

Ich klopfte so hart ich konnte an die Tür des Raums B-7. Dieses Mal musste ich nicht lange warten, bis Étienne die Tür öffnete.

"Was... was soll das?", sagte ich und hielt ihn den Brief hin.

Er sah mich mit aufgerissenen Augen an.

"Du weißt es also?"

"Ich weiß gar nichts! Was geht hier vor? Der Brief..."

"Komm rein", sagte er und trat beiseite.

Ich betrat das Labor. Drei weitere junge Männer befanden sich darin, aber ich nahm sie nur schemenhaft war.

"Bring ihm ein Wasser", sagte Étienne zu einem seiner Kollegen.

"Ich will kein Wasser, Étienne. Ich will Antworten! Was habt ihr mit mir gemacht?"

"Was weißt du bereits? Sind etwa doch Erinnerungen an dein altes Leben zurückgekommen?"

"Nichts ist zurückgekommen! Hier in den Brief steht nur, dass Ezra und ich... dass wir..."

"Dass ihr ein und dieselbe Person seid?"

"Ja, aber das ist doch nicht..."

"Warum setzt du dich nicht erstmal? Du musst versuchen, dich zu beruhigen."

"Beruhigen? Wie soll ich mich denn beruhigen? Ezra und ihr wollt mir weismachen, dass mein Leben nicht existiert! Ich..."

Étienne kam auf mich zu und legte beide Hände auf meine Schultern.

"Schau mich mal an, bitte!", sagte er.

Ich schlug seine Hände weg und ging ein paar Schritte zurück.

"Ich will, dass ihr mir sofort die Wahrheit erzählt! Was geht hier vor?"

"Ich versuche es doch! Aber es ist wichtig, dass du Kontrolle über deine Emotionen bekommst. Das ganze Verfahren ist noch nicht ausgereift. Das letzte was ich will, ist dass du einen Schlaganfall erleidest."

"*Einen Schlaganfall?* Erzähl mir endlich die Wahrheit!"

Étienne sah zu Boden, atmete tief ein, dann sah er mir in die Augen und sagte: "Okay, hör mir gut zu. Das ist jetzt vielleicht alles etwas schwer zu verkraften, aber was in dem Brief steht stimmt. Du und Ezra, ihr… ihr seid eine Person. Du *bist* Ezra."

"Was soll das? Ich bin nicht Ezra, ich bin… ich bin…"

Étienne sah mich mitleidig an.

"Mein Nachname ist… mein Nachname ist Escher!"

"Und dein Vornahme? Wie lautet dein Vorname?"

"Ich… ich… bin…"

"Du kannst dich nicht erinnern, nicht wahr? Weißt du vielleicht, was Ezras Nachname ist?"

"Klar, weiß ich, was Ezras Nachname ist. Er ist… Brandenburg."

"Brandenburg war sein… dein Künstlername. Wie war der richtige Nachname?"

"Ich…"

"Er ist Escher, oder?"

Ezras Nachname war Escher. Ich wusste, dass Étienne recht hatte.

"Aber ich hatte doch einen Job, ein Leben außerhalb von Krystalis! Das kann doch nicht alles falsch gewesen sein!"

Einer der Mitarbeiter kam vorsichtig zu mir und hielt mir einen Becher mit Wasser hin.

"Waren sie auch nicht. Es waren Erinnerungen an dein altes Leben; Fragmente, neu zusammengesetzt. Wir waren selbst überrascht, wie gut dein Hirn die Behandlung angenommen hat. Zumindest anfänglich…"

"Was soll das heißen?"

"Ich… ich hab nicht die Befugnis mit dir darüber zu reden. Dafür musst du Adrian aufsuchen."

"Du musst die Behandlung rückgängig machen, Étienne! Ich… ich kann mich kaum mehr an Mathilda Gesicht erinnern…"

"Bitte sprich darüber mit Adrian. Ich… mir sind die Hände gebunden."

Ich verabschiedete mich nicht, und ging so schnell ich konnte zurück zu den Aufzügen. Alle Türen, die sonst so strickt abgesperrt waren, standen mir offen, ohne dass ich meine ID benutzen oder gar mit Aurora kommunizieren musste. Es war, wie als wurde ich erwartet. Auf meinem Weg begegnete ich nicht einer Menschenseele; Krystalis war wie ausgestorben.

Als ich den Aufzug auf Adrians Etage verließ, sah ich bereits, dass seine Wohnungstür offen stand. Ein kühler Wind kam mir entgegen. Musik spielte und ich brauchte nicht lang, um zu erkennen, um was es sich dabei handelte: Die Krystalis-Sinfonie. Adrian musste sich Zugang zu meinem Arbeitsrechner verschafft haben.

Ohne anzuklopfen betrat ich die Wohnung. Ein leichter Weihrauchgeruch lag in der Luft. Adrian stand an der Küchenzeile, hatte eine Schürze umgebunden und nahm einen Fisch aus.

"My, my - wen haben wir denn hier?", sagte er ohne aufzusehen. "Wenn das nicht unser Ezra ist. Hast du es also tatsächlich geschafft…"

Ich schlug die Tür hinter mir zu und ging zu ihm hinüber.

"Mach es rückgängig, Adrian! *Sofort!*"

Adrian legte das Messer zur Seite und hielt seine Hände in eine Schüssel mit kaltem Wasser. Danach trocknete er sie an seiner Schürze ab und sah mich selbstgefällig an.

"*Ich?* Wie kommst du darauf, dass ich die Fähigkeiten dazu hätte? Ich bin Unternehmer, kein Techniker oder gar Mediziner."

"Étienne hat mir alles erzählt: Nur du hast die Befugnis, die Prozedur rückgängig zu machen!"

"Ach! Ist das wirklich, was Étienne gesagt hat? Oder ist es nicht vielmehr so, dass er dir nur gesagt hat, dass du mich aufsuchen sollst?"

Adrian holte seine ID heraus, tippte einen Moment lang darauf herum, dann hielt er sie mir hin. Ein Video spielte ab, auf dem das Labor, Étienne und ich zu sehen waren.

"So sehr ich das durchaus geniale Hirn unseres gemeinsamen Freunds schätze, so sehr amüsiert mich seine Feigheit. Er hat jede Befugnis, mit dir über das Projekt zu reden. Auch über das Rückgängigmachen hätte er mit dir sprechen können, wäre dies denn überhaupt möglich. Aber egal, dann kümmere ich mich eben um das Überbringen der Hiobsbotschaften..."

Adrian nahm die Schürze ab, faltete sie vorsichtig und legte sie über die Lehne eines der Küchenstühle. Dann nahm er sich eine offene Weißweinflasche und schenkte sich ein Glas ein.

"Der ist wirklich gut. Willst du auch?"

"Ich will einzig und allein, dass du meine Erinnerungen wieder herstellst! Dann verschwinde ich von hier. Lieber lebe ich mit der Trauer um Mathilda, als auch nur einen Tag länger hier zu verbringen."

"Unser alter Ezra, wie er leibt und lebt! Immer zur Theatralik aufgelegt. Aber mal im Ernst: Wieso denkst du, dass es möglich ist, die Erinnerungen wieder herzustellen?"

"Was soll das heißen?"

"Das soll heißen, lieber Ezra, dass die Prozedur *endgültig* war. Es ist nicht möglich, die Erinnerungen wieder herzustellen. Und nicht nur das: Selbst die paar Erinnerungen, die du noch hast - so verzerrt sie auch sein mögen -, werden dir nicht lang erhalten bleiben. Auch sie werden bald vergangen sein."

"Vergangen?"

"Du hast richtig gehört: Obwohl der Eingriff ein Erfolg gewesen ist, wird er dir über kurz oder lang all deine Erinnerungen rauben. Fragmente, an die du dich heute noch erinnerst, können morgen schon gänzlich verschwunden sein. Sorry."

Adrian nahm sich einen Joint aus dem Aschenbecher und zündete ihn an.

"Ich werde dich... ich werde ganz Krystalis in Grund und Boden klagen!"

Adrian musste schmunzeln.

"Was glaubst du, was das hier ist? Ein Hollywood-Film? Du hast zig Verträge unterschrieben, als du nach Krystalis gekommen bist. Denkst du, die waren alle nur in *deinem* Interessen? Denkst du nicht, dass wir uns hier ausreichend absichern? Und überhaupt:

Komm von deinem hohen Ross herunter, Ezra! Es war ja nicht so, als ob die ganze Sache auf *meinem* Mist gewachsen wäre. *Du* bist auf mich zugekommen und hast mich um Hilfe gebeten. *Du* wolltest, dass ich dich aus dem dunklen Tal hole und dir bei der Arbeit helfe. *Du* wolltest die Sinfonie abschließen und das Mädchen vergessen. Diese Wünsche habe ich dir erfüllt und du hast bekommen, was du wolltest: Dein Meisterwerk! Dass du dafür nicht nur das Mädchen, sondern auch dich selbst vergessen musstest… nun, das ist eben der Preis, Ezra. *There's no such thing as a free meal.* Aber du wusstest von dem Risiko und hattest dich dennoch zu dem Eingriff entschlossen. Deine Seele für die Kunst! Nun musst du mit der Entscheidung leben."

Ich wusste nicht, was ich sagen sollte. Mir wurde schwindelig und ich musste mich am Küchentresen festhalten.

"Ich schlage vor, du gehst zurück in deine Wohnung und ruhst dich ein wenig aus. Die nächste Woche wird anstrengend."

"Wie…?"

"Ich habe die Uraufführung auf kommenden Freitag angesetzt. Die Noten gehen gerade raus, die Bühnen- und Kostümbildner wissen ebenfalls schon Bescheid. Später werden die ersten Einladungen versandt. Das ist doch in deinem Interesse, nicht?"

"Wie… wie kommst du darauf, dass ich noch irgendetwas für… für Krystalis tun werde?", stammelte ich.

"Ezra, ich bitte dich! Ich kenne dich besser, als du dich selbst kennst. Du willst mir doch nicht ernsthaft erzählen, dass du nicht an der Uraufführung deines Meisterwerks mitarbeiten willst? *Come on!*"

"Ich…"

"Leg dich schlafen, alter Freund. Und wer weiß: Mit ein bisschen Glück hast du mich morgen bereits vergessen."

XXXVII

Zurück in der Wohnung fiel ich in einen tiefen Schlaf und träumte von einer Feier im Odeon. Der ganze Saal war in ein rotes Licht getaucht, es war heiß und laut. Die Gäste waren verschwitzt und tanzten, und niemand trug mehr als seine Unterwäsche. Ich drückte mich an der Menge vorbei zur Bar, bestellte ein Bier und hatte es sofort in der Hand. Ich trank es mit einem Zug aus und bestellte ein zweites.

"Bist du neu hier?", fragte die Barkeeperin. Sie war nackt und schön.

"Ja. Heute ist mein erster Abend."

"Willkommen!"

"Danke!"

Ich bestellte noch ein drittes Bier und dazu einen undefinierbaren Schnaps.

"Wenn du was Härteres brauchst", sagte die Barkeeperin und zeigte vor zur Bühne. "Dann musst du hinter die Gardinen."

Ich konnte keine Gardinen erkennen, aber bedankte mich für den Hinweis. Dann betrachtete ich die Tanzenden, von denen einer schöner als der nächste war. Mit einem Mal erschien das Hologramm einer riesigen, schwarzen Katze über der Tanzfläche. Die Menge applaudierte, der Bass wurde härter. Auch ich begann nun zu tanzen und schloss meine Augen. Als ich sie wieder öffnete, stand ich vor der Gardine. Ich schob sie beiseite und betrat einen nebligen Raum. Der Raum war voller nackter Menschen, die ineinander verschmolzen. Ich betrachtete mir das Schauspiel, bis mir jemand von hinten auf die Schulter klopfte. Ich drehte mich um. Es war Adrian, der als einziger auf der Feier verkleidet war. Seine Haut war dunkelrot angemalt und seine Haare rot gefärbt. Seine Ohren waren spitz zulaufend und ein langer Schwanz schlängelte sich um sein rechtes Bein.

"Da bist du ja endlich!", sagte er und umarmte mich.

"Kennen wir uns?"

"Wir kennen uns schon dein ganzes Leben, alter Freund. Was kann ich für dich tun?"

"Die Barkeeperin meinte…"

"Say no more! Du willst die hier, nicht wahr?"

Er öffnete seine rechte Hand. Mehrere Pillen lagen darin. Ich nahm mir eine, legte sie auf die Zunge und spülte sie mit dem letzten Schluck Bier hinunter. Plötzlich wurden die Wände durchsichtig und ich sah nach draußen: Flammen stiegen über den Bäumen auf. Der ganze Wald schien zu brennen.

"Das ist mittlerweile jeden Sommer so", sagte Adrian. "Aber keine Sorge: Die Flammen werden uns nur erreichen, wenn wir es wollen."

Ein junger Mann und eine junge Frau kamen zu mir herüber und begannen mich zu küssen. Dann fingen die Pillen an zu wirken.

"Vergiss nicht: Solltest du je etwas brauchen, komm zu mir."

Ich nickte. Es wurde immer heißer.

XXXVIII

Zwei Tage später wurde ich von Adrian geweckt, der mir mitteilte, dass die erste Probe für den Nachmittag angesetzt war. Außerdem entschuldigte er sich dafür, dass er so aggressiv zu mir gewesen war und dankte mir erneut für meine Mitarbeit an dem Projekt. Mehrmals gratulierte er mir zum Abschluss der Sinfonie, und sagte, dass er sich sehr auf die Uraufführung freue. Er fragte, ob die abgestellten Bühnen- und Kostümbildner ausreichten, und ob ich noch anderweitige Ressourcen benötigte? Ich bedankte mich und sagte, dass alles in Ordnung sei, obwohl ich mir noch keinen Überblick verschafft hatte.

Ich lag noch eine Weile im Bett und starrte einfach nur an die Decke, bevor ich aufstand, in die Küche ging und mir ein Bier aus dem Kühlschrank nahm. Dann zündete ich mir eine Zigarette an, und fragte mich, ob ich schon immer geraucht hatte oder ob das etwas war, das ich mir erst seit der Erinnerungsmanipulation angewöhnt hatte (spielte es eine Rolle?)? Mir war übel. Ich musste etwas essen.

"Aurora…", sagte ich. "Bestell mir ein Curry."

"Gern, Herr Escher. Kann ich sonst noch etwas für Sie tun?"

"Irgendwelche Nachrichten?"

"Ja, Herr Escher. Sie haben eine neue Nachricht."

"Bitte vorlesen."

"Es tut mir leid, Herr Escher, aber sie haben keine…"

"Bitte erspar mir die Token-Belehrung…"

"Es tut mir leid, Herr Escher, aber sie haben keine…"

"Verbinde mich einfach mit Frau Kollwitz!"

Die AI verband, Klara Kollwitz nahm ab.

"Herr Escher, was kann ich für Sie tun?"

"Ich brauche Token. Ich habe eine Nachricht und will sie abhören."

"Herr Escher, es tut mir leid, aber…"

"Hören Sie: Ich weiß Bescheid."

"Oh…"

Klara Kollwitz wurde still und ich fuhr fort: "Wie Sie sich vielleicht vorstellen können, ist diese Situation nicht ganz… einfach für mich. Können Sie mir also bitte entgegenkommen und mir einfach einen dieser verdammten Token geben? Ist das wirklich zu viel verlangt?"

Sie überlegte ein paar Sekunden, dann sagte sie: "Ähm… gern, Herr Escher. Natürlich! Ich werde Ihnen sofort ein paar überschreiben. Wie… wie geht es Ihnen?"

"Wen meinen Sie? Ezra? Mich? Uns beide?"

"Ich…"

"Eine schönen Tag noch, Frau Kollwitz! Aurora, auflegen."

Ich nahm einen weiteren Schluck vom Bier, dann sagte ich: "Kannst du mir jetzt die Nachricht vorlesen, Aurora? Und erspar mir die Belehrung darüber, wie viele Token ich habe, ja?"

"Gern, Herr Escher. Die Nachricht ist von raya.ravel@krysta. lis. Sie lautet: *Étienne hat mir alles erzählt. Was hältst du von einem Spaziergang am Großen See? Sagen wir 14 Uhr an unserem alten Treffpunkt? R.* Der Sender hat außerdem Koordinaten angehängt. Möchten Sie, dass ich Ihnen die Koordinaten vorlese?"

"Nein. Aber zeig sie mir bitte auf meiner ID an."

Ich nahm mir die ID vom Wohnzimmertisch. Die Koordinaten wiesen zur Lichtung, in der ich kurz nach meiner Ankunft Ezras ersten Brief gelesen hatte.

"Wie spät haben wir es, Aurora?"

"12:43 Uhr."

"Aurora, schreib zurück: *Okay.*"

"Gern, Herr Escher. Ihr Kontostand beträgt…"

"Bitte, Aurora: Schick die Nachricht einfach nur ab!"

Als ich eine halbe Stunde später bei der Lichtung ankam, saß Raya bereits auf der Bank. Sie sah anders aus als beim Mitternachtsball. Ihre Haare waren dunkler und ihre Haut heller als ich sie in Erinnerung hatte. Sie trug einen Duffle-Coat, Jeans und DocMartens. In der Hand hielt sie einen alten iPod. Als sie mich sah, nahm sie Kopfhörer aus den Ohren.

"Hast du eine Zigarette für mich?", fragte sie und stand auf.

"Ähm... klar."

Ich holte die letzte Zigarette aus der Packung, aber bevor ich sie ihr reichen konnte, umarmte sie mich. Fast eine Minute standen wir einfach nur schweigend da. Dann ließ sie mich wieder los, nahm die Zigarette und zündete sie an.

"Jetzt weißt du es also. Und: Wie fühlst du dich?"

"Ich... ich weiß nicht. Ich nehme an, dass ich froh bin, dass alles vorbei ist. Aber genau kann ich es nicht sagen."

"Verstehe."

"Warum hast du mir... während des Mitternachtballs nicht die ganze Wahrheit erzählt?"

"Warum? Um deine Gesundheit nicht zu gefährden, Ezra. Unzählige Male hat mich Etienne darauf hingewiesen, dass ein Schock einen schweren Hirnschaden bei dir ausrichten könne. So sehr ich es dir übel nehme, dass du dich für den Eingriff entschieden hast, so wenig will ich, dass dieser noch mehr Schaden bei dir anrichtet. Und außerdem: Adrians Lieblingsprojekt zunichte machen? Bist du verrückt? Ich will mir nicht ausmalen, was er mit mir angestellt hätte."

Ich nickte.

"Hör mal: Ich werde verschwinden. Ich habe die Verträge mit Krystalis aufkündigen lassen, meine Tage hier sind gezählt. Es wird meiner Karriere nicht dienlich sein - vielleicht werde ich nur noch in Seitenstrassengallerien ausstellen, vielleicht nie wieder -, aber ich kann nicht länger hier bleiben. Es ist nicht nur die Geschichte mit dir. In gewisser Weise ist sie nur die Spitze des Eisbergs. Egal. Ich will damit einfach nichts mehr zu tun haben."

"Wann willst du verschwinden?"

"Am Tag nach deiner Aufführung."

"Du hast also bereits davon gehört?"

"Der Newsletter ging heut morgen rum. Was ist mit dir?"

"Was meinst du?"

"Wann wirst du gehen? Nach alldem willst du doch nicht hier bleiben, oder?"

"Ich… ehrlich gesagt, habe ich mir noch keine Gedanken darüber gemacht. Ich will erst einmal die Aufführung hinter mich bringen."

"Ich fahr an die Nordsee. Dort ist um diese Jahreszeit kaum etwas los. Ein alter Freund von mir hat ein Haus nahe Dünkirchen, an der belgisch-französischen Grenze. Warst du schon einmal dort?"

"Selbst wenn, würde ich mich wahrscheinlich nicht erinnern."

"Dann wird es Zeit, dass du dir neue Erinnerungen machst.

"Ja, vielleicht hast du recht."

"Warum kommst du nicht mit?"

Eine Drohne flog über uns hinweg. Sie schwankte ungewöhnlich stark, und ich fragte mich, ob sie unter einer leicht zu behebenden Fehlfunktion litt oder ob die letzte Stunde der Drohne geschlagen hatte und der finale Absturz kurz bevor stand.

"Keine schlechte Idee."

"Gut. Dann treffen wir uns hier nach der Aufführung, okay? Wir packen unsere sieben Sachen und verschwinden."

Ich nickte. Dann holte ich meine ID aus der Hosentasche, um nach der Uhrzeit zu schauen.

"Ich muss zur Probe, Raya."

"Viel Erfolg!"

Ich ging zurück zum Schloss, aber nach ein paar Metern drehte ich mich noch einmal um.

"Ach und Raya…"

"Ja?"

"Danke für alles!"

XXXIX

"Denkst du, wir werden uns noch einmal wiedersehen?", fragte Mathilda und spielte mit meinen Haaren.

"Was redest du da? *Natürlich* werden wir uns wiedersehen! Ich bin bestimmt nur ein paar Monate weg, maximal ein Jahr. Ich bleib nur solange, bis ich die Sinfonie abgeschlossen hab."

"Versprichst du's?"

"Ich versprech's."

"Wenn du wiederkommst, dann mach ich dir ein paar Nudeln."

"Du kannst doch gar nicht kochen!"

"In einem Jahr kann man das schon lernen."

"Was gibt's denn zu den Nudeln dazu?"

"Gute Frage… Ich weiß nicht. Pilze vielleicht?"

"Pilze. Und was noch?"

"Brot. Und Wein. Ganz viel Wein!"

"Wein klingt gut."

Sie gab mir einen Kuss auf die Stirn, dann stand ich auf und packte meine Sachen.

XL

Wenn dich jemand fragt, was nach der Unendlichkeit kommt, antworte am besten nicht. Wenn dich jemand fragt, wie man am besten den ersten Satz einer Sinfonie beginnt, dann antworte mit: irgendwas in b-Moll begleitet von Maschinengewehrsalven, war ein Zitat von mir, welches abwechselnd in vier verschiedenen Sprachen vor Beginn der Uraufführung an den Vorhang der Bühne projiziert wurde. Ich hasste dieses Zitat aus verschiedensten Gründen, aber Adrian hatte darauf bestanden.

Ich saß bereits eine Stunde vor Beginn im Balkon, rauchte und sah den Gästen dabei zu, wie sie sich im Saal unter mir auf den 1400 Sitzplätzen verteilten. Der ganze Campus war gekommen, sowie einige hundert ausgewählte Outsider. Zusätzlich schauten noch knapp zweihunderttausend Menschen im Live-Stream zu. Man konnte guten Gewissens jetzt schon von einem beachtlichen Erfolg sprechen.

Punkt 21 Uhr kam aus den Lautsprechern Rayas Stimme: *64, 32, 16, 3, 3, 3. 64, 32, 16, 3, 3, 3.* Dann ging das Licht im Saal der Neuen Freiheit aus und der Vorhang teilte sich. Unsere sechs jungen Geiger, keiner von ihnen älter als 17 Jahre, betraten die Bühne und die Gäste standen von ihren Plätzen auf und applaudierten. Die Geiger waren in weiße Hemden, Hosen und Sakkos, an deren Rücken übergroße künstliche Antilopen-Geweihe montiert waren, gekleidet, welche das Produktionsteam extra für den Abend hatte anfertigen lassen. Ihre Haare waren grau gefärbt und nach hinten gelegt. Sie gingen aufrecht zu ihre Positionen ganz vorn auf der Bühne und als sie diese eingenommen hatten, verbeugten sie sich schüchtern. Dann ertönte ein lauter Beckenschlag und alles wurde schwarz. Nach exakt neun Sekunden fing ein rotes Licht an, von der Bühne aus ins Publikum zu flimmern. Von den Geigern sah man nun nur die Silhouetten. Dann wieder Rayas Stimme: *Der Tag: hell. Tachypnoe, Tachypnoe.* Eine elektronische Bassdrum setzte leise ein und nach einundvierzig Schlägen, fingen die Geiger an die ersten Töne des ersten Satzes zu spielen. Das Flimmern wurde schneller, das Rot tiefer und die Bassdrum nach und nach immer lauter. Ich schaute mich um: Alle Gäste standen noch immer und hörten dem Spiel der Geiger zu.

Auf dem Balkon neben mir stand Adrian gemeinsam mit Alphonso Rain. Beide in violette Anzüge gekleidet, obwohl an diesem Abend eigentlich nur Weiß getragen werden durfte. Alphonso Rain sah müde und zerstört aus, aber Adrian redete permanent auf ihn ein; der Zustand seines Freundes schien ihm egal zu sein. Als Adrian mich bemerkte, hob er sein Glas und prostete mir zu. Ich prostete zurück und versuchte ein nicht allzu falsches Lächeln aufzusetzen.

Unsere zwei Fagottistinnen, ebenfalls Teenager, betraten die Bühne. Die beiden stellten sich links und rechts neben die Geiger und setzten sofort mit ein. Sie begleiteten die Geigen für siebzehn Takte, dann verdunkelte sich der Saal wieder und die Musik hörte abrupt auf. Plötzlich war der Saal ganz still. Die Stille hielt für exakt neun Sekunden, dann schoss das rote Licht wieder an, der zweite Vorhang hinter den Musikern fiel und gab das zehnköpfige Schlagzeug-Ensemble preis. Alle Musiker setzten im selben Moment ein und das rote Licht wurde weiß, kam nun nicht mehr nur von der Bühne, sondern auch von den Scheinwerfern an der Decke. Dann erschienen die ersten Hologramme über den Schlagzeugern und die Gäste fingen an zu jubeln. Der erste Satz war im vollem Gange.

Ich trank mein Glas aus und füllte es noch einmal mit dem Haus-Champagner nach. Dann entschuldigte ich mich bei der Person neben mir, einem Politiker aus der Stadt, und ging vorsichtig nach draußen ins Foyer.

Als ich die Tür hinter mir geschlossen hatte, sah ich mich um: Ich war allein. Selbst die Service- und Security-Mitarbeiter auf diesem Floor waren im Saal und schauten sich die Vorstellung an. Ich lehnte mich an der Tür an, schloss kurz meine Augen und atmete tief durch. Bald würde alles vorbei sein.

Ich ging zur Fensterwand am südlichen Ende des Foyers und schaute nach unten in den Hof und auf den violetten Teppich, auf dem keine vier Stunden zuvor noch die Outsider entlang gelaufen waren und sich hatten fotografieren lassen. Ein bizarrer Anblick für die Bewohner des Schlosses, aber aus PR-Gründen gelegentlich notwendig. Offiziell waren die Outsider hier, um die Uraufführung zu sehen, aber eigentlich wollten alle nur einmal einen Blick ins Innere von Krystalis werfen. Diesem Schloss, das man nur aus der Ferne kannte.

Ich zündete mir eine Zigarette an, nahm einen tiefen Zug und beobachtete, wie der Rauch langsam am Fenster nach oben zog. Eine Drohne flog auf der anderen Seite vorbei und scannte mich. Etwas Asche fiel auf mein Sakko, aber ich klopfte sie nicht ab. In der Nacht war der letzte Schnee gefallen. Der Winter war endgültig vorüber.

"Da ist ja der Held des Abends!"

Ich zuckte kurz zusammen und drehte mich um. Adrian stand ein paar Meter hinter mir. Wie so oft, hatte ich ihn auch diesmal nicht bemerkt.

"Naja…"

"Du weißt, was ich meine."

Ich erwiderte nichts.

"Ich wollte dir noch einmal danken, für alles was du für uns getan hast!"

"Du hast mir schon genug gedankt, Adrian."

"Ich weiß. Dennoch: Solltest du jemals etwas brauchen, du weißt, wo du mich findest."

"Sicher."

"Du kommst später auf die Terrasse, ja? Ein paar Vertreter der Presse würden sich sicher freuen, wenn sie dich ablichten können."

"Vielleicht."

"Ich meine das eher in *deinem* Interesse! Jetzt, wo du uns verlässt…"

"Zum Feiern ist mir ehrlich gesagt gerade nicht."

"Jetzt mal ehrlich: Wann, wenn nicht heute, mein Lieber?"

"Ich überleg's mir."

"Gut. Ich sag dann einfach mal: Bis später!"

Adrian prostete mir ein letztes Mal zu, dann er ging zurück zu seinem Balkon und ich drehte mich wieder zum Fenster. Ich wollte gerade einen Schluck vom Champagner nehmen, als ich einen dumpfen Schlag hörte. Dann gleich darauf einen zweiten und dann einen dritten. Ich versuchte etwas zu erkennen, aber es war zu dunkel. Dann ein vierter Schlag, dieser aber viel lauter. Direkt vor dem Fenster fiel eine Drohne herunter und zerschellte auf den Kies. Ich sah auf den Vorplatz: Zwei Security-Mitarbeiter kamen aus dem Schloss gerannt und sahen sich verwirrt um. Als sie die Drohne entdeckten, sprachen sie in ihrer Headsets. Ich ging den Gang hinunter zum kleinen Empfangssaal und durch diesen hindurch zum Treppenhaus. Der Moment war gekommen, an dem ich die Bühne betreten und mich feiern lassen sollte, aber das Publikum klatschte ins Leere. In wenigen Minuten würden sich alle verwundert umsehen und nach und nach mit dem Applaudieren aufhören. Die Uraufführung würde nicht mit einem Knall enden, sondern in Verwunderung. Ich fragte mich, ob Raya noch im Publikum saß oder ob sie bereits bei der Lichtung war. Wie lange sie wohl warten wird, bis sie akzeptiert, dass ich nicht komme? Eine Stunde? Einen Tag? Einen ganzen Frühling?

XLI

In meiner Wohnung war es dunkel und kühl. Ich nahm das letzte Bier aus dem Kühlschrank und ging ins Badezimmer. Während ich Wasser einließ, hörte ich ein letztes Mal Arthur Russell. *I Couldn't Say It To Your Face.* Ich zog mich aus und faltete sorgfältig die Kleidung, die meine war und doch fremd, bevor ich ein letztes Mal in die Badewanne stieg. Beim Abstützen bildete ich mir ein, noch immer die Verletzung am Handgelenk zu spüren, die ich mir in jener Nacht zugezogen hatte, in der sich Ezra das Leben genommen hatte - Phantomschmerzen an ein Leben, das ich nie gelebt hatte. Und während bei einer Party in der Stadt jemand *Woodstock, Unsorted* auflegte und die ersten Stammgäste in Connies Café eintrafen, während hinter den Fenstern der letzte Schnee des Winters fiel und im Saal der Neuen Freiheit der letzte Applaus verklang, färbte sich das Wasser rot und kurz darauf wurde alles weiß. Ich hatte es tatsächlich geschafft: Mein Lebenswerk war vollbracht, die Sinfonie abgeschlossen. Ich hatte sie Mathilda gewidmet.

Daniel Bock, Jahrgang 1985,
mit einer Zeitung in
Hong Kong.

danielbocklsover.com
kunstundkapitalismus.com

set the lake on fire